an

tota pulchra es,
amica mea

as Michaela

Max Alhau

La Falconnière

NOUVELLES

Prix des lecteurs de "Poésie/première" 1999

EDITINTER

ISBN 2-910892-93-X

L'ÉTOILE JAUNE

Était-ce possible ? Je dus fixer attentivement le manteau de cette femme pour me rendre à l'évidence : ce que je contemplais en face de moi, par-dessus l'épaule d'un voyageur, c'était bien l'étoile jaune, ce signe infamant que, trente ans plus tôt, les Juifs avaient été contraints de porter. Sur le vêtement de la jeune femme, absorbée par la lecture d'un magazine, nul ne semblait avoir remarqué l'étoile qui éclatait de luminosité, contrastant avec l'étoffe noire. Pourtant il aurait fallu être ignorant au dernier degré pour ne pas en connaître la signification. Pourquoi l'inconnue l'arborait-elle ? Pour démontrer qu'elle n'avait pas oublié l'ignominieuse décision, pour extraire de leur amnésie les autres hommes ? Par provocation ? Comment deviner ? Je la regardais avec une attention encore plus vive ; elle ne paraissait pas m'avoir remarqué. Immobile, appliquée, elle poursuivait sa lecture. Il suffit d'un indice, d'un fait anodin pour que d'un coup surgissent des souvenirs que l'on croyait définitivement engloutis. Curieusement, lorsque j'étais monté dans ce wagon, à la station Nation, la jeune femme s'y trouvait déjà. Je ne crois guère au hasard, bien plutôt à un certain déterminisme, une fatalité à laquelle nous n'échappons pas.

C'est en 1942 que fut institué le port obligatoire de l'étoile pour les Juifs. J'avais six ans, j'étais élève dans un cours privé à Saint-Mandé, rue Allard, et je venais d'entrer en onzième. Notre institutrice, je m'en souviens, s'appelait Mlle Royer. Je la trouvais très âgée. Avait-elle trente ou cinquante ans ? Dans notre classe, qui était mixte par nécessité — à cette époque, les élèves de l'institution étaient rares — se trouvait une fillette aux longues anglaises noires, Anna. Un matin, quand elle se présenta, je remarquai sur son manteau une étoile jaune. Cet emblème m'intrigua. Je crus, dans mon innocence, qu'il s'agissait d'une décoration, voire d'une récompense quelconque. Je m'en informai auprès de ma mère dès mon retour, à midi. Elle me déclara à voix basse, comme si ma question nécessitait une réponse discrète, que les Juifs devaient désormais porter l'étoile de David. Elle ajouta — ces paroles demeurent approximatives — :

« Ne fais aucune remarque à ta camarade. Il ne faut pas lui faire de la peine.

— Mais toi, tu m'as dit que tu étais juive.

À mes propos, j'en suis certain, elle blêmit, sa voix tremblait. Je crus qu'elle allait pleurer. Elle me confia qu'en effet elle s'appelait Rosenberg mais que mon père n'étant pas juif, elle portait son nom. Pourtant elle paraissait inquiète, comme si, elle aussi, un jour, pouvait être victime de cette mesure ignoble. À partir de ce moment, je me mis à observer autour de moi et, dans les rues, j'apercevais de temps à autre des passants porteurs de l'étoile jaune. À mon camarade François, je dis qu'il ne devait faire aucune réflexion sur l'étoile de notre compagne. Parmi nous, son comportement restait le même : elle était toujours aussi vive et joyeuse. Ma curiosité s'était accrue. J'aurais voulu lui révéler les raisons pour lesquelles elle portait cet insigne. Je me souviens qu'un après-midi, après la classe, alors qu'elle ne me parlait presque jamais, elle s'était avancée vers moi. Elle avait enfilé son manteau et m'avait déclaré :

« Toi aussi, tu es juif. »

Interloqué, je lui répondis que ma mère l'était, mais pas mon père. Elle sourit et ses yeux se fixèrent sur les miens avec une expression de reproche. Elle m'avoua que ce n'était pas juste et que je devrais porter l'étoile jaune. Après quoi, elle s'empara de son cartable et dégringola les marches de l'escalier. Le lendemain elle ne m'adressa pas la parole. Quelques jours plus tard, un matin, je constatai qu'elle ne se trouvait pas parmi nous. Était-elle malade ? Avait-elle changé d'école ? Quand je revins chez mes parents, escorté par un grand, j'informai ma mère de l'absence d'Anna. Elle eut ces mots :

« Pauvre petite. Espérons quand même. »

Je voulus l'interroger, elle se refusa à la moindre explication. Deux ou trois jours plus tard, Mlle Royer nous avertit qu'Anna ne reviendrait pas parmi nous. Sa voix était cassée par l'émotion. Notre camarade avait été arrêtée avec ses parents et sans doute emmenée dans un camp. Cette nouvelle m'abasourdit. C'était donc parce qu'elle était juive qu'elle avait été appréhendée, qu'on l'avait séparée de nous et entraînée dans un camp. Et j'ignorais ce que signifiait exactement ce terme. Je mesurai le danger qui pouvait s'abattre sur les miens, sur moi. En pleurant, j'appris la nouvelle à ma mère qui s'efforça de me rassurer…

Rue Grandville, après la guerre, fut apposée une plaque sur une maison, en mémoire des familles et des enfants juifs qui avaient été regroupés dans ces lieux avant d'être dirigés vers Drancy. Nul d'entre eux n'était revenu d'Allemagne…

J'étais fasciné par cette jeune femme. C'était la première fois, depuis la guerre, que je revoyais quelqu'un porteur de l'étoile jaune. J'aurais souhaité aller vers cette inconnue, la questionner : ma stupéfaction m'en empêchait et les circonstances ne favorisaient pas cette approche. À la station Bastille, des voyageurs montèrent et me refoulèrent vers le fond du wagon, si bien que la passagère disparut hors de ma vue. Je devais changer à Châtelet, mais j'étais résolu à la suivre si elle ne descendait pas à cette station. Je désirais en savoir plus long sur elle. Soudain, alors que la rame s'était immobilisée à Saint-Paul, elle bouscula plusieurs voyageurs, se faufila vers les portes, provoquant des récriminations autour d'elle. Je tentai de m'élancer à sa suite : un colosse planté devant moi m'empêcha de me dégager à temps et les portes se fermèrent avant que je pusse mettre pied sur le quai. N'était-ce pas pour me fuir qu'elle s'était éclipsée aussi rapidement ? N'avait-elle pas constaté que mon regard la troublait, comme si une partie de son enfance avait resurgi au moment où je m'étais avancé jusqu'à elle ? Par une curieuse coïncidence, elle était descendue à Saint-Paul, station que j'avais fréquentée des années durant lorsque j'étais élève au lycée Charlemagne. Pour quelle raison avait-elle décidé de s'enfoncer dans ce quartier où résidaient de nombreux Juifs ? Peut-être parce qu'elle habitait là. Je fus sur le point de descendre à Hôtel-de-Ville pour revenir sur mes pas et tenter de la retrouver. C'eût été la traquer inutilement. Je devais m'en remettre au doute. Il était impossible qu'elle et la fillette que j'avais connue autrefois fussent une même personne. Cette jeune femme, pour des motifs mystérieux, avait arboré l'étoile de David : je devais m'en tenir à cette vison déconcertante. Ma seule certitude était de n'avoir pas rêvé. Quant à savoir pourquoi j'avais été le seul à avoir été surpris par cette apparition, c'était là que se situait l'énigme. J'avançais l'indifférence des voyageurs, leur manque de curiosité plutôt que leur ignorance des faits. Rentré chez moi, je m'en remis à ma femme qui ne sembla pas attacher d'importance à ce qu'elle appela un 'événement banal'. Elle ajouta :

« De nos jours, on voit tant de détraqués. »

Ces paroles me parurent peu compatibles avec ce que j'avais aperçu. La nuit, bouleversé par cette apparition, je fis un rêve. Je revoyais la jeune femme qui arborait une énorme étoile jaune. Je l'accostais à Saint-Mandé, tout près de la rue Grandville. Elle me dévisageait puis, me déclarait :

« Vous êtes juif. Vous auriez dû être emmené avec vos parents à Drancy. Je ne vous en veux pas. »

Elle me fit un signe de la main avant de disparaître. Je m'éveillai, haletant, sous le coup de ces images, de ces paroles. Je sentais comme un reproche dans ces propos qui étaient bien ceux du rêve et non le produit de mon imagination. N'était-ce pas une accusation directement formulée, une volonté de me culpabiliser ? Toutefois, avec les années, je ne pouvais pas être rendu responsable des souffrances de la fillette d'antan. Était-il donc vrai qu'elle s'était échappée du camp où elle avait été internée ? Dans ce cas, elle aurait été la seule survivante de cette rafle, contrairement à ce qui était mentionné sur la plaque. Durant plusieurs semaines, à chaque fois que j'en eus l'occasion, je revins errer dans le quartier Saint-Paul, aux rues étroites et populeuses. J'essayais d'apercevoir la jeune femme, en vain. Lorsque j'empruntais la ligne de métro numéro 1, je me demandais si la voyageuse n'allait pas resurgir et j'étais décidé à l'interpeller. De nouveau, mes espoirs furent déçus. Un jour même, je m'aventurai jusqu'à Saint-Mandé, rue Allard. Le cours privé n'existait plus mais la maison était toujours debout avec sa porte d'entrée repeinte. Derrière une grille de fer, je distinguai la cour de récréation plantée d'arbres. Si l'inconnue m'était apparue, je n'aurais pas été surpris. J'étais revenu plusieurs années en arrière, en 1942, le jour où une fillette de mon âge avait été arrachée à son enfance pour être précipitée dans un enfer que gouvernaient des hommes diaboliques. Peu à peu s'estompèrent ces images. Je réintégrai la réalité quotidienne. Parfois des forces inconnues me contraignaient à retourner sur les lieux où s'étaient produits ces événements. En sortant du bureau, je hantais les rues proches de la station Saint-Paul ou je revenais à Saint-Mandé, flânant rue Allard et rue Grandville. Je m'arrêtais longuement devant la plaque commémorative. J'avais appris les noms des familles victimes des nazis. Le visage d'Anna se dessinait devant moi, confusément. Seules les anglaises noires m'apparaissaient nettement ainsi que l'étoile jaune qu'elle portait, cousue sur son manteau…

Ce fut dix ans après cette rencontre qu'un samedi, alors que j'étais revenu rue Grandville, je remarquai une femme encore jeune qui s'avançait sur le même trottoir que moi. C'était elle, j'en étais sûr; toutefois j'eus beau m'efforcer de l'observer avec attention, elle n'arborait plus l'étoile jaune qui m'avait tant impressionné. Sa coiffure était la même : de longs cheveux noirs contrastant avec son visage très pâle. Elle n'avait pas changé. Elle était accompagnée d'une jeune fille d'une quinzaine d'années, brune, plus grande qu'elle, vêtue d'une robe à fleurs. Cette fois, je résolus de l'accoster. Toutes deux se trouvaient maintenant près de la maison de sinistre mémoire et une vingtaine de mètres me séparaient d'elles. Au moment où elles passaient à côté de la plaque, je les dévisageai sans retenue. L'inconnue ne détourna pas la tête tandis que la jeune fille s'arrêtait quelques secondes et rejoignait sa mère. Je distinguai nettement les traits de la femme, ses yeux noirs, sa taille mince. Soudain, elle marqua un temps, son regard soutint le mien. Je ralentis le pas. Alors, sans que je puisse esquisser le moindre geste, elle fit demi-tour, saisit la main de la jeune fille et traversa la rue à toute allure. Elles empruntèrent une artère perpendiculaire, la rue Faidherbe. Je m'élançai à leur poursuite mais ma jambe droite, accidentée quelques années auparavant, me causait une gêne douloureuse. J'avançais le plus vite possible. Je les vis disparaître sous le porche d'un immeuble. Quand je parvins devant la porte cochère, je l'ouvris et me trouvai dans un large vestibule. J'étais décontenancé. Que faire? Je ne pouvais sonner à tous les étages. Je frappai à la loge de la concierge. Celle-ci, une Portugaise, entrebâilla la porte d'un air méfiant. Je lui décrivis les deux passantes. Elle me répondit sèchement que personne n'était entré. Lorsqu'elle me vit me diriger vers l'ascenseur, elle menaça d'alerter la police. « Ces gens n'habitent pas ici », ajouta-t-elle. Disait-elle vrai? Je ne m'étais pas trompé. Les deux femmes avaient pénétré dans ces lieux. Devais-je en apprendre davantage, faire le siège de chaque appartement? Pourquoi l'inconnue, car c'était elle, n'arborait-elle plus l'étoile jaune ? L'avait-elle jamais portée ? Il y avait dix ans que je l'avais rencontrée dans un wagon de métro et je n'avais pas été victime d'une hallucination. L'étoile éclaboussait alors l'étoffe de son manteau noir. Était-il exact qu'elle n'habitait pas cet immeuble ? Chez qui s'était-elle donc réfugiée ainsi que sa fille ? La concierge, devant ma mine hébétée, avait voulu se débarrasser de moi. J'attendis une demi-heure dans la rue guettant vainement la réapparition des deux femmes. Je n'insistai pas et rentrai chez moi sans rien avouer à mon épouse. À plusieurs reprises, je retournai à Saint-Mandé, rue Grandville, rue Faidherbe, avec l'espoir que l'inconnue reparaîtrait. Je ne l'ai jamais revue. Entre la fillette déportée en 1942 et la femme aperçue à deux reprises, le lien est troublant et les preuves fragiles. À mesure que je m'efforce de tisser le canevas de cette histoire, je découvre bien des lacunes et certains détails me troublent. J'aurais dû noter précisément tout ce que j'avais remarqué la première fois. Les témoins de l'événement de 1942 sont tous hors d'atteinte. Sans doute quelques-uns de mes anciens condisciples se souviennent-ils de la petite fille du cours Racine qui, un matin, ne revint pas en classe. C'est elle que j'essaie de retrouver alors que les indices s'effritent, érodés par le temps, le doute et la mémoire hésitante.

LE RETOUR INVOLONTAIRE

D'ordinaire il refusait de prendre à son bord des auto-stoppeurs. Lorsqu'il aperçut sur le bas-côté de la route une silhouette vêtue de bleu, il hésita puis freina brutalement. Il était en avance pour se rendre à Caen et l'esseulée — une très jeune fille — ne devait pas aller très loin car elle était démunie de tout bagage. Il s'arrêta à une dizaine de mètres et elle rejoignit la voiture en courant. Il distingua un visage encadré de cheveux bouclés d'un brun clair. Elle lui demanda timidement :

— Vous allez vers Trouville, s'il vous plaît ?

C'était sa route et, en acquiesçant, il ouvrit la portière. L'inconnue s'installa à ses côtés, il repartit aussitôt. Elle le remercia gentiment. Elle attendait depuis plus d'une demi-heure et avait déjà parcouru plus d'un kilomètre après la sortie de Pont-Lévêque.

— J'ai l'habitude de faire ce trajet depuis le début des vacances. Je vais souvent à Pont-Lévêque passer la journée chez des copains. Le reste du temps je suis à Trouville mais c'est pas terrible.

Il la regardait par à coups, occupé à surveiller la route assez encombrée à cette saison. La voix était claire, presque celle d'une enfant. Il affecta la surprise pour lui répondre.

— Vous vous ennuyez à la mer ?

Il eut envie d'ajouter : « Quand j'étais jeune, je suis venu plusieurs années de suite en vacances à Trouville, croyez que je m'amusais bien… » Il préféra se taire. Qu'avait à faire de telles confidences cette adolescente ! Elle était décidément bavarde et continua son monologue.

— Mes parents n'ont pas voulu que je parte avec des

amis. Ils m'ont obligée à passer les vacances avec eux et mon petit frère. Ici ça ne vaut pas la Côte, il fait froid. Les gens sont vieux. Heureusement que j'ai mes copains à Pont-Lévêque. Remarquez, ils viennent aussi me voir. On se baigne souvent ensemble. L'eau n'est pas très chaude.

Elle avait croisé les bras et s'était tu. Quand, à un carrefour, il s'arrêta, attendant que le feu passe au vert, il détourna la tête pour la contempler un peu mieux. Il fut frappé par son sourire, par son air tendre, confiant. Il lui semblait qu'une espèce de sympathie s'était établie entre eux. Pourtant ce n'était qu'une petite jeune fille qui disparaîtrait dans quelques minutes, dont il ne saurait jamais rien, pas même le nom, l'âge, ces repères que l'on exige volontiers des êtres que l'on est appelé à fréquenter plus longuement. Elle devait avoir seize, dix-sept ans tout au plus. Sa silhouette était gracieuse, presque enfantine, sa peau transparente, ses joues hâlées. Elle était montée sans méfiance à côté de lui, malgré l'interdiction de ses parents à qui elle faisait sans doute croire qu'elle empruntait l'autocar. Elle faisait partie de ces adolescentes dont la spontanéité prenait le pas sur le calcul, la retenue. Il en déduisait qu'elle se moquait pas mal de lui. L'important ayant été qu'il consente à la prendre dans sa voiture pour la conduire sans encombre chez ses parents. Il avait l'impression de se trouver avec Mariane, sa fille. Avec elle, songea-t-il, la conversation aurait été plus difficile. Il rêvassait. Il avait passé autrefois, à plusieurs reprises, deux mois de vacances à Trouville. Il y était rarement revenu, mais à chaque retour des images avaient resurgi, désordonnées, fragmentaires, des émotions, de celles qui perdurent à fleur de mémoire, l'avaient caressé. Il désirait que l'inconnue continue à parler. Il ne supportait pas le silence qui mure les êtres, les racornit. Il avança :

— Personnellement, je préfère cette Côte à l'autre.

Elle eut un sourire un peu méprisant.

— Franchement, c'est sinistre le soir ici.

— Oui, mais la journée, vous avez la plage, la mer, les bains.

Ce n'était certainement pas ce qu'il aurait dû dire. Il ajouta :

— Quand j'avais votre âge, je m'amusais d'un rien. Il est vrai qu'à cette époque les distractions étaient limitées.

Elle le dévisagea, il s'en aperçut, avec commisération.

— C'est ce que disent mes parents. C'est bien joli mais j'ai envie d'autre chose que de rester des après-midi entiers à faire des pâtés.

L'expression l'amusa. Il s'intéressa soudain à elle. Ces paroles banales qu'il aurait bientôt oubliées le réconfortaient dans sa conception d'une jeunesse qu'il pensait connaître mais qui, il le devinait, ne se dévoilait que par bribes. De plus, il sentait l'ambiguïté de cette présence, il naviguait confusément, ne sachant où prendre place. Elle l'attirait sans qu'il comprît pourquoi. Il avait beau être absorbé par sa conduite, il ne se lassait pas de l'entendre parler. Quand elle observa une longue période de silence, il se demanda quelle pouvait en être la cause. Ce fut lui qui la questionna parce qu'il aimait écouter les autres, ou du moins ceux qu'il jugeait réceptifs, proches de lui.

— Vous ne vous rendez pas compte de la chance que vous avez, fit-il. Ne pensez-vous pas que vous vivez la période la plus privilégiée de votre existence ?

Pourquoi ce type lui tenait-il de tels propos ? C'était sans doute ce que la jeune fille se demandait. Elle répondit doucement, en regardant droit devant elle, comme si elle fixait un point désespérément recherché :

— J'ai envie de tout connaître. Vous ne pouvez pas comprendre. D'ailleurs, toutes ces paroles ne servent pas à grand-chose. On ne parle pas le même langage.

Cette réponse le poignarda. Elle venait de saccager ses fragiles illusions. Il se croyait proche d'elle ; en fait, elle l'expédiait dans un autre camp, celui dans lequel le temps l'avait exilé depuis des années. Mariane en avait fait autant. Il lut sur un poteau indicateur :

« Trouville 5 kms ». Il se tourna vers elle.

— Nous sommes presque arrivés. Vous me direz où je vous dépose. Je file vers Caen.

La réponse le troubla.

— Ça m'est égal. J'habite sur la route de Honfleur, si vous connaissez, celle qui monte quand on arrive en ville. Si vous voulez passer par là.

Était-ce un ordre, une invitation? Il ne le discerna pas et fut sur le point de refuser de se détourner. Par jeu ou curiosité, il accepta.

— Ça vous permettra de voir mes parents. Ils croient toujours que les automobilistes sont des sadiques. Ils ne veulent pas que je fasse du stop.

Elle tentait de justifier ses escapades en exhibant un de ceux qui avaient pris la responsabilité de la ramener saine et sauve chez elle! Il sourit à ces propos et ajouta :

— Je suis peut-être une exception.

Elle eut un rire franc.

— Oh! non. J'ai l'habitude du stop. Il ne m'est jamais rien arrivé.

Malgré cette réponse, il sentait croître un malaise en lui. Était-ce à cause des lieux qu'il allait revoir ou en raison de la présence de cette jeune fille, de la générosité de son regard, de la tendresse de son visage, de cette beauté presque irréelle qu'a la jeunesse et qui vous fouette jusqu'au plus lointain de vos souvenirs? Il se tut. Ils avaient atteint Trouville et il fut contraint de ralentir. Il se rappelait qu'avant le pont enjambant la Touques, la route de Honfleur se trouvait sur la droite et il surveillait attentivement la chaussée, s'efforçant de reconnaître ces rues, ces maisons qui avaient maintenant la fadeur de l'anonymat. La passagère s'était redressée sur son siège et lui dit en hésitant :

— Si ça vous ennuie de faire un détour, vous pouvez me laisser là. Je monterai à pied.

Il refusa. Pourquoi revenir sur sa décision ?

— C'est la deuxième rue à droite. De la maison, on a une belle vue sur la mer. La côte est raide. Bonjour les mollets !

En abordant la montée il parvint à déchiffrer sur une plaque bleue : Rue d'Aguesseau et ce nom lui sauta à la mémoire. C'était dans cette rue qu'une année les parents de Francis, son camarade d'enfance, avaient loué une maison. C'était là qu'il avait passé ses vacances quand il avait seize ans et qu'il avait terminé sa première. Francis, d'un an plus âgé, venait d'avoir son bac. Son cœur se mit à battre follement. Cette remontée ou plutôt cette descente vers des temps qu'il croyait avoir oubliés le bouleversait. Maintenant un flot d'images coulait devant son regard intérieur. À peine distinguait-il la route. L'adolescente se rendait-elle compte de son émoi ?

— C'est une maison couleur brique, sur la gauche. Ça grimpe dur. C'est quand même mieux en voiture.

Il s'efforça de répondre avec calme :

— Oui, très dur. Mais la vue est belle.

Il ne reconnaissait rien. Des constructions nouvelles s'étaient édifiées, des terrains avaient été lotis. D'ailleurs, de quoi se souvenait-il ? De la maison, d'une autre, plus spacieuse, toute proche avec une grande pelouse, un beau jardin. À cette hauteur, on avait une vue magnifique sur la mer.

— On doit arriver ? fit-il.

Cette fois la curiosité, l'émotion le submergeaient. Il s'égarait dans ces larges allées du temps dont il avait jusqu'alors perdu toute trace.

— Encore deux, trois cents mètres. C'est au 47.

Ce chiffre se détacha crûment de l'oubli et s'inscrivit avec brutalité devant ses yeux. C'était bien la maison ! Tout reflua avec la violence des vagues. Il revit aussitôt l'intérieur, le jardin. Il faillit murmurer : « Je connais. J'ai habité cette maison avant vous. » Pourquoi avait-elle désiré qu'il vienne ou plutôt qu'il revienne sur ces lieux ? Elle ne se rendait pas compte de ce qui bruissait en lui ; sans doute semblait-il plus nerveux et ses mains tremblaient-elles un peu. Il était obligé de serrer plus fort le volant mais il voulait dissimuler l'émotion qui l'étreignait.

— On y est.

Il freina, arrêta le véhicule et coupa le contact. La tête lui tournait.

— Vous venez ? dit-elle avec un sourire si clair qu'il en fut remué.

Quand il se trouva à ses côtés, la frôlant presque, il fut soulevé par une sensation à la fois douloureuse et bienfaisante. La jeune inconnue qui l'entraînait vers la maison aux murs couverts de bois le renvoyait près de trente ans en arrière, quand il remontait de la plage avec Yolande, la sœur de Francis. Il ne distinguait d'elle qu'une silhouette mince, enfantine, des cheveux châtains très longs. Elle avait quinze ans, à peine plus jeune que la jeune fille qui poussait la grille donnant sur le jardin. Il contempla la maison avec stupeur. Il reconnut la porte d'entrée. En levant les yeux, il aperçut les trois fenêtres des chambres : rien n'avait changé. Il ne parvenait pas à comprendre par quel hasard il avait été conduit sur ces lieux qui avaient pesé si fort dans sa vie d'adolescent et dont il avait longtemps sollicité l'oubli. Des instants d'une tendresse insupportable faisaient jour soudain. Au moment où la jeune fille ouvrit la porte, il pénétra dans la salle carrelée dont la clarté l'inonda brusquement. Peut-être que le mobilier était différent mais cette pièce, il la reconnut d'emblée. Surprise par le silence, elle appela :

— Il y a quelqu'un ?

Elle n'obtint pas de réponse. L'air embarrassé, elle déclara :

— Mes parents sont encore à la plage. Je ne sais pas quand est-ce qu'ils rentreront.

Il restait figé près du chambranle, en face de l'escalier qui montait aux chambres. Il ne prononça pas un mot. Combien de fois n'avait-il pas attendu ici, le matin, que Yolande descende, alors qu'avec son frère ils étaient déjà prêts. Et quand elle arrivait, quand il apercevait son visage, son corps frêle vêtu de couleurs claires — il ne saurait plus dire lesquelles — il était heureux. C'était à ce moment que la présence de Francis lui pesait. Il aurait aimé demeurer seul avec Yolande, l'arracher à cette maison, à ses parents qui affectaient de ne pas la surveiller, à Francis qui, sous prétexte d'amitié, ne s'écartait jamais de lui. Devinait-elle à ses regards, à ses gestes, quand il lui prenait la main, quand, à l'heure de la baignade, il l'entraînait dans une course violente vers la mer pour semer Francis, devinait-elle les sentiments qui le submergeaient ? Il n'avait jamais su ce qu'elle pensait, ce qu'elle éprouvait alors. Il s'efforçait de nager à ses côtés ; parfois il la saisissait aux épaules et la roulait dans les vagues. Elle émergeait, hoquetant, lui reprochant dans un rire heureux sa brutalité. Il croyait deviner dans ces paroles syncopées comme une marque de tendresse. Au fond, ne s'était-il pas trompé ? Le soir, lorsqu'il montait dans la chambre qu'il partageait avec Francis, il pensait à Yolande dont il était séparé par une mince cloison. Il aurait aimé lui chuchoter des mots d'une banale douceur, lui exprimer ce qu'il ressentait, entendre sa réponse en écho, toucher son corps. Sa rêverie l'entraînait au-delà d'une réalité insipide. A cette époque il était convaincu qu'il ne pourrait pas lui avouer la vérité. Pourtant ne l'attendait-elle pas cette déclaration ? N'était-elle pas habitée par un sentiment semblable ? Comment savoir ? Maintenant la jeune fille feignait de ne pas l'observer. Il était certain de l'importuner.

— Je regrette que mes parents ne soient pas revenus. Ils auraient été contents de faire votre connaissance.

Décidément elle montrait une politesse qui l'étonnait après ce qu'il avait entendu. Il connaissait la pauvreté de ces propos. Que lui importait de rencontrer des inconnus, ses parents, des gens auxquels il n'avait rien à dire, surtout pas ce que représentait pour lui ce retour involontaire dans une maison familière. La jeune fille s'était placée en face de lui, encombrée de cet étranger, ne comprenant pas qu'il reste ainsi, l'air absent. Elle devait penser qu'il s'attardait un peu trop ou qu'il attendait le retour de ses parents, mais pourquoi ? Peut-être même était-elle interloquée de le voir pétrifié. Il avait envie de tout lui révéler. Aurait-elle compris ? Elle aurait souri à ces évocations consternantes.

— La maison est agréable, au calme. Vous avez vu la mer ?

Il hocha la tête, néanmoins il se dirigea vers la fenêtre : au loin, la bande d'eau d'un vert sombre, moutonnante s'étalait devant ses yeux.

— Oui, c'est très beau, fit-il.

Elle lui sourit et il fut gêné. Pour un peu, il lui aurait demandé l'autorisation de monter à l'étage. Devant l'incongruité d'une telle question il s'abstint. La présence de Yolande s'incrustait toujours dans cette salle et cette adolescente avec son visage si frais, sa peau hâlée, ses yeux étonnés lui rappelait l'autre, celle qu'il avait tenté désespérément de rejoindre et qui s'était dissoute dans le temps. Une fois, un jour de pluie, quand il avait proposé une sortie, Yolande avait acceptée d'emblée ; Francis était resté à la maison avec ses parents. Il était décidé à tout lui avouer, à la serrer contre lui, à lui murmurer des mots qu'il avait souvent repassé dans sa tête et qui auraient la force d'un engagement. De cette promenade, il revoyait confusément le parcours. Ils étaient sortis en suivant la direction de Honfleur. Ils avaient gravi la côte sans se presser malgré une pluie qui avait bientôt cessé. Il marchait près d'elle et la tiédeur de son corps lui fouettait le cœur, ses jambes fléchissaient, il ne distinguait plus rien. À quoi pensaient-ils en ces instants ? Avec les années, les sentiments, les émotions avaient subi une lourde érosion. Il ne pouvait que reconstituer, supposer en tâtonnant. Cependant il était certain qu'une connivence dans le silence les avait unis tous les deux. Il avait pris Yolande par la taille et elle ne s'était pas dégagée, peut-être même s'était-elle rapprochée de lui dans un mouvement de petit animal cherchant la chaleur, l'affection. Il avait dû lui dire :

— Je suis content d'être avec toi, c'est bien la première fois qu'on est ensemble.

Sans doute ne se trompait-il pas dans cette résurrection des paroles, des gestes. Ils avaient continué à marcher. Lorsque la pluie avait repris, ils avaient fait halte sous un arbre. Il l'avait soudain enfermée dans ses bras : elle n'avait pas bronché. Il l'avait regardée droit dans les yeux qu'elle avait encore plus clairs. Il avait avancé sa bouche vers la sienne et, éprouvant la tiédeur de ses lèvres, il avait fermé les yeux tandis que la jeune fille caressait ses cheveux avec une tendresse sensuelle. Sa main avait glissé le long de son dos. Dans ce silence, avaient passé l'orage et la lumière d'un jour d'été. Il n'avait pas prononcé une seule parole. Ils étaient revenus accrochés par la main, ne se déprenant que quelques instants avant d'entrer dans la maison. Pendant cette marche ils ne s'étaient peut-être rien dit. Il avait oublié. Le soir, à table, il s'était efforcé à la retenue, n'entretenant qu'une sorte d'amitié tiède afin que nul ne se doute de quoi que ce soit. Lorsque Yolande avait gagné sa chambre et qu'il était resté en compagnie de Francis, il s'était remémoré cette journée. Il avait pensé fortement à Yolande, heureux et inquiet de la continuité de leurs rapports. Longtemps le souvenir de cette promenade l'avait poursuivi jusque dans son sommeil. Par la suite, ils ne s'étaient jamais retrouvés seuls. Il avait cru deviner que la surveillance des parents de Yolande et celle de son frère, à qui il avait tu ce qui avait eu lieu, s'était renforcée. Yolande affichait une belle indifférence envers lui, l'évitant presque. La déception l'avait blessé cruellement. Jamais il n'avait eu le courage de l'aborder, de l'interroger sur ce comportement inattendu.

— Vous voulez boire quelque chose ?

La voix était tombée nette. Il s'en fallut de peu qu'il ne sursaute. Cette question semblait épuiser les possibilités qui lui étaient offertes par la jeune inconnue. Il jugea qu'il l'importunait à demeurer gauche, planté devant elle. Elle avait envie de se débarrasser de lui alors qu'il paraissait s'approprier de nouveau cette maison croulant sous les souvenirs. Rien n'y faisait. La faille s'était rouverte. Par la suite, de retour à Paris, les rencontres avec Yolande s'étaient espacées, presque estompées. Jamais plus il n'avait pressé son corps contre le sien. Il voyait rarement Francis. La dernière fois qu'il avait entrevu la jeune fille, un jour de congé, elle était en compagnie d'une amie. Il avait attendu Francis qui était arrivé longtemps après. Yolande l'avait à peine regardé et il avait souffert atrocement de cette froideur hautaine après l'unique manifestation d'une tendresse mutuelle. C'était comme à travers une vitre que, ce jour-là, il l'avait contemplée. Elle avait encore embelli, ses traits avaient perdu d'un coup leur aspect enfantin. Il avait compris que plus rien n'aurait lieu entre eux… Il ne l'avait plus revue. Il s'était accusé de lâcheté, s'était dit qu'il l'avait perdue par sa faute.

— Vous ne voulez vraiment rien boire ?

Elle renouvela sa proposition mais le timbre de la voix trahissait son impatience. Non, il n'avait pas soif et bien qu'il se rendît compte qu'elle souhaitait son départ, il n'avait pas la force de bouger tant il redoutait que le plus petit mouvement n'efface définitivement ces images qui se brouillaient devant lui. Il respira un grand coup, ses mains agrippèrent le dossier d'une chaise. La jeune fille s'aperçut de son geste.

— Vous êtes peut-être fatigué. Asseyez-vous. Excusez-moi, je n'ai même pas pensé à vous offrir un siège.

Cette délicatesse le toucha. Il se sentit ridicule, comme il l'avait sans doute été avec Yolande. Sa faiblesse, elle l'avait donc découverte ; bientôt elle surprendrait son trouble. Elle le considérait d'un air qu'il ne parvenait pas à définir. Il jugea audacieux le regard qu'elle lui adressa soudain. Il distingua une petite veine bleue le long de son bras et il s'étonna de la finesse de ses mains. Il eut de nouveau envie de tout lui révéler : la maison, Yolande, les sentiments qu'il avait éprouvés pour elle autrefois. Avec son crâne dégarni, son embonpoint naissant, il avait brusquement dévié vers la réalité de ces instants et il songeait à Yolande, elle aussi invisible, enfoncée à distance dans le même présent, à jamais détachée des grâces de l'enfance, des beautés de la jeunesse, de l'harmonie de l'âge adulte. Yolande, avec ses cheveux décolorés pour dissimuler des mèches blanches, luttant contre les années, engluée dans des travaux quotidiens, Yolande entourée de ses grands enfants, de son mari à qui elle n'avait plus rien à dire. Il aurait pu la croiser dans la rue, il ne l'aurait pas reconnue. Se souvenait-elle même de lui ? Décidément, la jeunesse l'avait trahi et la jeune fille qui se dressait en face de lui resterait une inconnue qu'il ne reverrait plus. Elle l'avait définitivement expulsé d'une époque révolue. Cette petite fille était seule en droit de tout attendre des autres, de ceux qui rêvaient sûrement à elle. Il était urgent qu'il s'en aille. Il était trop bouleversé par ce qu'il avait redécouvert après tant d'années, la parenthèse pouvait se fermer avec la sécheresse d'un couperet. Il la contempla avec une tendresse bienveillante, une affection émue.

— Je vais partir. Il faut que je continue ma route. Je vous souhaite de bonnes vacances.

Il s'efforça de lui sourire, sa voix faiblit. Elle serra la main tendue et il sentit la tiédeur de cette peau si douce. Une dernière fois il s'emplit de ce jeune visage. Il sortit sans se retourner, ne s'apercevant pas qu'elle lui adressait un signe amical avant qu'il ne disparaisse derrière la rangée de thuyas. Quand il s'installa dans sa voiture, il attendit quelques instants avant de mettre le contact. Les trente années qu'il avait traversées s'étaient effondrées d'un coup. Entre ses seize ans et ce jour, c'était le vide qu'il avait parcouru. Il lui semblait qu'en faisant demi-tour un peu plus loin, en descendant la rue, la silhouette de Francis, celle de Yolande allaient surgir, qu'ils apparaîtraient tous deux tels qu'il les avait connus, préservés de toute érosion. Alors il pourrait s'expliquer avec Yolande, décidé qu'il était à ne rien abandonner de la partie entreprise. Il avait toute sa jeunesse pour lui, toute la naïveté de son âge et la beauté simple et insolente de l'adolescente représentait ce talisman qu'il devait lui dérober pour l'enfouir au plus secret de lui-même, pour que son existence ne connaisse pas une faillite insurmontable. Plus loin, il aperçut la mer.

L'ACCUSÉ

Il est arrivé en avance à l'aéroport, n'a guère attendu avant que le comptoir d'enregistrement des bagages n'ouvre et qu'une hôtesse ne lui délivre sa carte d'accès à bord. La température, grâce à l'air conditionné, est supportable. Il lui suffit maintenant de franchir la douane avant de pénétrer dans la salle réservée aux passagers du vol TG 203. Il ne cesse de revoir en pensée le site d'Angkor qu'il a parcouru durant quelques jours et dont la présence, toutefois invisible, se rappelle à son regard, créant des images parcellaires. Surgissent de temps à autre le sujet d'un bas-relief, la forme d'une tour, une galerie, à moins que ce ne soit les pierres d'un temple avalées par les racines d'un gommier. Rien à voir, pense-t-il, avec ces lieux sans aucun charme. Il se décide à accomplir les formalités de douane. Il tient son passeport à la main et attend patiemment son tour. La place est libre ; derrière un bureau un douanier, à moins que ce ne soit un policier, contrôle les passeports. Il présente le sien. L'employé lève les yeux, le regarde, transmet le document jusqu'à la hauteur d'un autre fonctionnaire debout à ses côtés et profère quelques mots.

« Moment ». Il ne comprend pas les raisons de cette attente : son visa est en règle ainsi que son passeport. Derrière lui, des touristes commencent à récriminer. Le premier douanier l'invite à se ranger sur le côté de manière à ne pas gêner les passagers qui ont pris la file et, sans plus s'occuper de lui, continue sa besogne, impassible. Cette fois l'inquiétude le talonne : que signifie ce contre temps ? Que lui veut-on ? Quelques minutes plus tard surgit le deuxième fonctionnaire qui, dans un anglais approximatif, lui demande de le suivre. Il proteste en signalant au policier qu'il n'a pas récupéré son passeport. L'autre secoue la tête sans répondre. Peut-être n'a-t-il pas compris. Il récidive et montre du doigt le bureau sur lequel doit encore se trouver le document. Pas de réponse de sa part ou plutôt quelques mots inintelligibles. Il s'efforce de ne pas protester davantage, sachant qu'avec les Cambodgiens il faut feindre le calme, ne pas élever le ton. Tous deux se dirigent vers un bureau aux portes vitrées, opaques. Le policier pénètre le premier dans une petite pièce aux murs peints en jaune. À une table, un homme en civil, lunettes à monture épaisse, lève la tête quand il se présente à lui. L'autre ne le quitte pas des yeux et, d'un geste, l'invite à s'asseoir en face de son collègue. Celui-ci, dont il remarque le visage émacié à la peau mate, déclare dans un français hésitant :

— Vous ne prenez pas l'avion.

Cette phrase l'abasourdit. Il s'entend répondre d'une voix rude :

— De quel droit ? Mon bagage a été enregistré. Je possède ma carte d'embarquement. Rendez-moi mon passeport.

Son vis-à-vis le dévisage en souriant.

— Ne vous énervez pas. J'ai besoin de réponses.

Sans doute veut-il dire de précisions, d'explications, mais de quelle sorte et pourquoi ? Que lui veut-on ? Que lui veut ce type dont le sourire forcé l'exaspère ?

— Votre bagage, pas de peur. Il reviendra. On le rapporte bientôt.

L'isolement brise soudain ses forces ; il se sent la proie d'un danger inconnu qui le menace obstinément. À quoi rime cet interrogatoire ? Taraudé par la colère et la crainte, il balbutie :

— Qui êtes-vous ? Que me reprochez-vous ? Pourquoi m'avez vous… arrêté ainsi ?

L'homme le dévisage en pinçant les lèvres. Il donne l'impression de chercher ses mots.

— Je suis le chef de la police de l'aéroport. Votre nom a été indiqué par la police de Siem Reap. Vous ne pouvez pas partir.

Cette réponse avive sa colère. Il a envie de se précipiter vers la sortie et d'aller faire un esclandre parmi les passagers. Il se calme avec peine, en respirant longuement. Ses mains tremblent, son cœur s'affole, sa bouche est sèche. La police de Siem Reap ? Qu'a-t-il commis dans cette petite ville à quelques pas d'Angkor qui aurait troublé l'ordre public ? Il a passé la plupart de ses journées sur le site, accompagné d'un guide et d'un chauffeur, s'est contenté de bavarder avec quelques touristes, le soir, échangeant des impressions sur les visites effectuées. Rien de plus. Il n'a jamais eu affaire à la police, à quelque fonctionnaire que ce soit. Alors, que lui reproche ce bonhomme borné et incapable de comprendre ce qu'il lui dit ?

— Vous n'avez pas répondu à ma question : je vous demandais ce qu'on me reprochait ?

— Reprochait ? murmure le policier.

— Oui, de quoi j'étais accusé, pourquoi vous ne voulez pas que je prenne l'avion ?

Il devine que la brusquerie du ton contribue à l'exaspération du fonctionnaire qui ne comprend pas bien.

— Attendez, fait-il en guise de réponse.

Il se livre alors à un surprenant manège, consulte un gros livre dont il fait voler les pages, tandis que de la main gauche il ouvre un registre sur lequel sont collées des photos. Il ne semble plus lui porter la moindre attention. Fermant le registre, il s'empare d'une machine à écrire archaïque. Il introduit une feuille de papier puis commence à taper quelques mots avec une lenteur précautionneuse. La chaleur croît et l'air que brasse le ventilateur rend encore plus oppressante l'atmosphère de ces lieux. Il songe que l'avion va décoller dans une demi-heure et qu'il ne sera pas à bord. La confiscation de son passeport ne cesse de l'angoisser. Entre les mains de qui traîne-t-il ? Sans ce document, il ne peut rien prouver, il se trouve dans l'illégalité. Il n'est plus qu'un homme sans nom, presque sans existence sociale. Il se sent démuni, amputé de toute liberté, presque tenu au secret. Qui se souciera de lui maintenant? Il songe que si les événements tournent en sa défaveur, il exigera d'être mis en rapport avec l'Ambassade de France et il s'expliquera, argüera de sa bonne foi. Pourtant il se méfie des services officiels qui préservent leurs relations avec le pays dans lequel ils sont représentés. Son cas n'offre guère d'intérêt, du moins pour l'instant : un simple interrogatoire, pense-t-il. C'est l'hypothèse qu'il formule afin de se rassurer, même s'il n'est pas convaincu de la justesse de son argument. Il observe le fonctionnaire qui a cessé sa besogne, a croisé les bras et fermé les yeux comme s'il réfléchissait. Le silence, la chaleur incitent à la somnolence. N'était la peur, il se laisserait aller, s'endormirait, mais son énervement est tel qu'il doit se dominer pour demeurer en place. Il consulte sa montre : près de dix-huit heures. Dans dix minutes l'avion décollera sans lui. Sa détresse l'abat d'un seul coup. Il est désormais abandonné de tous, seul face à des inconnus qui l'ont arrêté pour des raisons qu'il ignore. Il entend derrière lui, sans doute dans une pièce toute proche, un brouhaha, puis une porte s'ouvre et deux hommes en civil s'avancent, l'un est âgé et petit, l'air affable.

— Je suis votre interprète, fait-il. Monsieur est le commandant de la police du district numéro 3.

Étrange, songe-t-il, que cet homme soit habillé en civil alors que les uniformes abondent dans ce pays. Non moins étrange qu'on ait dépêché un interprète. N'est-ce pas que son cas est plus grave qu'il ne le pense? Il répond avec circonspection à l'interprète et demande brusquement :

— Que me veut cette personne? Pourquoi me retient-on ici alors que je devrais être à bord de l'avion qui va décoller?

L'interprète se tourne vers le commandant et sans

doute traduit-il le contenu de ses propos. L'autre prononce quelques mots formulés en français.

— Vous allez être informé plus précisément.

Alors il ne se contient plus. Il parle d'un ton sec qui révèle sa crainte, son angoisse. Il demande qu'on veuille bien prévenir l'Ambassade de France et qu'on lui envoie un représentant de son pays. L'interprète paraît effrayé et traduit aussitôt. L'homme a un large sourire bien vite rectifié par une mimique expressive. Il souffle quelques mots à l'oreille du petit interprète qui déclare :

— Il n'en est pas question. C'est une affaire privée. Vous êtes en territoire cambodgien. Cela ne concerne pas votre pays.

Décidément cet homme lui est hostile et user de la menace ne sert à rien, sinon à attiser sa hargne. Le commandant lui fait signe de le suivre et les trois hommes se dirigent vers une pièce tout aussi nue que la précédente, meublée d'un bureau sur lequel trône un ordinateur entouré de quelques dossiers. Tous trois s'assoient. Commence alors un long discours de l'officier traduit par à coups et dans lequel il lui est reproché de s'être livré à un trafic d'objets d'art provenant d'Angkor. Le policier brandit devant lui une lettre écrite en khmère, ce qui provoque de sa part un haussement de ton. Devant cette dérisoire accusation, il prie l'interprète de lui préciser le contenu de cette missive, désir qui reste insatisfait puisque le commandant lui fait répondre que cette lettre n'est que le reflet des plaintes déposées à son encontre. Il s'agit, songe-t-il, d'un malentendu ou d'une machination émanant de quelqu'un désireux de se venger de lui, mais pour quelle raison ? Il s'efforce de rester calme, de poser des questions précises en se demandant néanmoins si l'interprète traduit avec fidélité ses paroles. Il craint que la moindre interrogation, le plus minime propos ne provoquent sa perte. Il se décide à adopter une autre stratégie. Il ne posera plus de questions, ne protestera pas, se contentera de répondre en gardant son sang froid. Il respire un grand coup et fixe du regard le policier qui ne cille pas. Il a l'impression que celui-ci le met à l'épreuve, mesure sa résistance. Au bout de quelques minutes de silence, le commandant prend la parole et, d'un trait, débite une tirade aussitôt traduite. Il est accusé, la lettre l'affirme, d'avoir dérobé durant son séjour à Angkor une statuette et de s'être mis en rapport avec des trafiquants d'envergure notoire afin de préparer une grande opération. Qu'a-t-il à répondre pour sa défense? Il est stupéfait par cette révélation. Durant ses visites, il n'a jamais été seul mais accompagné par un guide. Il n'a effectué que des recherches personnelles préparées en France. Il supplie l'interprète de traduire ses paroles sans rien omettre. Il commence à douter de sa capacité à traduire ce qu'il dit. Ne déforme-t-il pas volontairement ses propos? Le policier, impassible, lui ordonne d'ouvrir son sac de voyage. Il se retient pour contenir sa colère, pour crier : « De quel droit? » mais il serre les poings et, rageusement, fait coulisser la fermeture éclair.

— Fouillez, déclare-t-il à l'adresse de son accusateur.

L'interprète ne dit rien. L'autre a dû comprendre et plonge la main dans le sac. Il en extrait quelques livres, un cahier, un nécessaire de toilette puis, avisant une poche fermée sur le côté, l'ouvre également. Alors il exhibe devant ses yeux terrifiés une petite tête sculptée d'un bouddha. Il est confondu. Comment nier pareille preuve de sa culpabilité? Le policier a un sourire de satisfaction et l'invite, par l'intermédiaire de l'interprète, à expliquer la présence de cet objet.

— Je vous assure que je n'ai rien dérobé. Cette sculpture a été déposée sans que je le sache. C'est sans doute quelqu'un qui cherche à me perdre. Il n'y avait rien dans mon sac lorsque j'ai quitté Siem Reap. C'est ici que l'on a introduit cette pièce.

Le commandant parle d'un ton sec et le fait informer qu'il aura affaire à la justice. La loi prévoit des peines de prison pour les pilleurs et plus encore pour les trafiquants. Comment aller contre de telles déclarations? Pourtant son innocence peut-elle être mise en doute? Il réfléchit à la naïveté de cette idée. Pour cet homme, la preuve est flagrante : cette tête de bouddha signe sa culpabilité. Il réfléchit et se rappelle que le premier jour de sa visite à Angkor il avait engagé un guide qui ne parlait pas français mais anglais et dont l'incompétence était manifeste. Il l'avait congédié le soir même alors qu'il devait le reprendre trois jours de suite. À sa place, il était parvenu à en trouver un autre au français parfait et d'une culture surprenante. N'était-ce pas une vengeance du guide congédié? Il avait oublié son nom et revoyait seulement sa figure ronde, son air las, quelque peu fuyant. Comment l'aurait-il pisté jusqu'à Phnom Penh? Il tente d'expliquer au commandant, par l'intermédiaire de l'interprète, que cette tête a dû être introduite dans son sac à l'hôtel lorsqu'il avait quitté sa chambre pour aller se promener la veille au matin au bord du Mékong. L'homme ne bronche pas et lui fait savoir qu'il s'expliquera devant la justice. Sa mission est terminée, il va le conduire dans un commissariat où il sera interrogé le lendemain. La tête sculptée est emballée dans un chiffon et repose maintenant sur la table du policier. Alors il change d'attitude et demande d'une voix forte qu'on lui permette de téléphoner en France pour avertir sa famille. Il ajoute :

— Je paierai la communication.

Il a l'intention de prévenir l'un de ses amis, avocat. Mais le commandant, à qui est transmise cette requête, l'informe que ce n'est pas possible. Il est en état d'arrestation et n'a pas le droit d'être en rapport avec quiconque : c'est la loi, traduit l'interprète obséquieux et satisfait que l'on n'accorde aucune faveur à cet étranger pilleur et trafiquant.

— Pas d'avocat non plus? ironise-t-il.

L'écho lui revient;

— Pas d'avocat pour le moment.

Il est épuisé par la chaleur, l'émotion, accablé par la déclaration de cet homme obtus. Il est dix-huit heures trente-cinq et il ne sait pas où il passera la nuit. Ne pourrait-il pas tenter de convaincre le policier de son innocence ? Il lui en veut de ne pas parler le français car il n'a guère confiance dans la traduction de l'interprète. Il prie celui-ci de l'écouter attentivement.

— Dites à ce monsieur que les accusations portées contre moi sont fausses. Il peut s'adresser à l'hôtel où je demeurais, interroger le guide qui m'a conduit sur les sites. Je n'ai jamais rien dérobé. La tête qui a été placée dans mon sac est un acte de vengeance. Allez, traduisez, fait-il nerveusement.

Lorsqu'il commence à parler en khmère, le policier, agacé, l'interrompt : il n'a pas à entendre ses récriminations. Il répète que sa mission est terminée, qu'il n'a plus rien à voir dans cette affaire.

— Et mon passeport ? fait-il. Où est-il passé ? J'exige qu'on me le rende.

Le fonctionnaire lui fait répondre que ce document sera remis à la justice, que pour l'instant il n'en a pas besoin. Il se contient pour riposter qu'à son retour il portera plainte. Il songe à ce retour maintenant compromis. À cette pensée, il se sent plus seul, plus démuni que jamais, entre les mains des autorités étrangères, dans un pays dont il ne parle pas la langue, dont il ignore les lois. S'il pouvait contacter l'Ambassade de France ! Il n'en connaît même pas l'adresse. Il pense à la nuit atroce qui l'attend, aux lieux dans lesquels il sera conduit. D'un geste, le policier l'invite à le suivre. Il lui emboîte le pas, les jambes vacillantes. Les deux hommes parcourent une vaste salle vitrée puis arrivent dehors : la chaleur lui tombe dessus brutalement. Une voiture stationne non loin. Le policier l'entraîne vers le véhicule dont le chauffeur ouvre la portière. Lorsqu'il s'installe sur la banquette arrière, il a la surprise de découvrir un jeune militaire à ses côtés. Cette fois il quitte l'aéroport en compagnie des trois inconnus. Il demande en anglais où on l'emmène. Son voisin se contente d'ébaucher un sourire en guise de réponse. Il n'a rien compris ou ne veut pas comprendre. Le parcours est interminable. À l'entrée de la ville commencent des embouteillages monstrueux causés par les motos, les autos qui, à chaque croisement, s'efforcent de passer sans respecter la moindre priorité. Il fait déjà nuit et un lourd désespoir joint à l'angoisse devant l'inconnu le submerge. Il est incapable de réfléchir avec objectivité, incapable de deviner comment il a pu être pisté de la sorte ? Sans doute grâce à cette lettre dont le contenu ne lui a pratiquement pas été divulgué. Il n'a plus qu'à attendre mais il sait que ses nerfs fragiles et tellement éprouvés ne lui permettront guère de témoigner de la patience indispensable dans ces circonstances. En appeler à la raison dépasse ses possibilités. Le chauffeur et le militaire échangent quelques mots et le premier étouffe un petit rire. La voiture trouve soudain la voie dégagée et accélère dans la nuit parmi des rues étroites et défoncées. Dans quelle partie de la ville se trouve-t-il ? Il ne reconnaît rien. Ce n'est qu'au bout d'une dizaine de minutes que le véhicule ralentit puis s'immobilise. Il distingue un bâtiment gris. Le militaire l'invite à descendre. Il le suit, muni de son sac de voyage. Le chauffeur repart, probablement en direction d'un quelconque garage. Les deux hommes traversent une cour, pénètrent dans un vestibule désert aux murs dont la peinture se craquelle. Ils suivent un couloir sombre le long duquel il remarque de nombreuses portes closes. Son accompagnateur s'arrête devant l'une d'elles, l'ouvre, allume l'électricité. Il distingue une pièce meublée d'un lit et d'une chaise ; dans un angle, un simple lavabo et une fenêtre munie de barreaux. Il devine que c'est la cellule qui lui est attribuée. L'homme prononce quelques mots et claque la porte. Il entend le déclic que fait le double tour de clé donné par son geôlier. Désormais il est coupé de tout, prisonnier, sans identité, bientôt en proie à des juges qui le confondront, certainement victime d'une machination dont il ignore par qui elle a été mise en branle et dans quelle intention. Il s'étend sur le lit couvert d'un drap bis. Il n'a ni faim ni sommeil. Au reste nul ne songe à lui donner quoi que ce soit à manger. Il n'a même pas en sa possession une bouteille d'eau minérale. Il lui répugne de boire de l'eau du robinet. Faudra-t-il qu'il connaisse la soif? La chaleur est moite et il s'aperçoit que la fenêtre est hermétiquement fermée. Il enlève sa chemise et s'efforce vainement de rester immobile, de ne penser à rien. Il n'a pas le courage de lire. Il ressasse les événements dont il a été le piètre héros et ne parvient pas à résoudre l'énigme qui se pose à lui. Comment élaborer sa stratégie de défense alors qu'il méconnaît ce qui s'est produit à ses dépens? Cette accusation l'a assommé et plus il tente de deviner quel a été le point de départ de cette histoire, plus la situation s'embrouille. Il pourrait, se dit-il, échafauder un nombre incalculable d'hypothèses, aucune ne serait la bonne. Alors que deux heures se sont écoulées, il entend un cliquetis de serrure, la porte s'ouvre et un gardien, costume gris et casquette, entre, chargé d'un plat et d'une bouteille d'eau minérale qu'il dépose sur la chaise. Il incline la tête et sort. Il est touché par ce geste inespéré et surtout satisfait de la boisson. Le bol de riz et la soupe lui suffiront. Il lui reste à traverser la nuit, à attendre le lendemain où, sans doute, il sera convoqué par quelque sbire qui examinera son cas, à moins que la procédure ne soit d'une lenteur propre à la justice. Il ne sert à rien qu'il mette au point un plan de défense; au reste, cette maudite sculpture prouve en premier lieu sa culpabilité, certes minime mais qui se situe au début d'une série de griefs qui ne manqueront pas de lui être adressés. De nouveau l'assaillent des images toutes fraîches : l'aéroport, la confiscation de son passeport, l'interrogatoire, la stupidité du policier-inquisiteur, la vraisemblable incompétence de l'interprète qui a traduit à sa guise ses propos. Il est près de minuit et il ne parvient pas à s'endormir, tant l'angoisse ne cesse de monter en lui. Il se retourne sur son lit, en sueur. Il a achevé la bouteille d'eau, sa bouche est sèche, sa langue râpeuse…

Il s'éveille au moment où un gardien inconnu le secoue fermement. Il comprend qu'il doit se lever. Il regarde sa montre : sept heures moins dix. L'homme lui fait signe de s'habiller. Il ne s'est pas lavé, pas rasé. Il essaie de lui faire comprendre qu'il ne peut pas quitter ainsi sa cellule. Le gardien hausse les épaules et il ne sait comment interpréter ce geste. Décidé à ne pas abdiquer, il se dirige vers le lavabo et s'apprête à se laver ; le geôlier ne bouge pas, debout devant la porte. Sans se hâter il s'applique maintenant à se raser. Curieusement, il a recouvré un peu de calme ; les quelques heures d'un sommeil fragmenté l'ont reposé, son esprit s'est éclairci. Que risque-t-il ? Il parviendra bien à prouver qu'il est victime d'une erreur, voire d'une vengeance. Voulant éprouver la docilité de son gardien, il lui montre la bouteille d'eau vide et lui demande en anglais s'il peut en avoir une autre. Le jeune homme, qui, visiblement, ne comprend pas la langue, hoche la tête sans plus. Il enfile sa chemise, se coiffe et interroge du regard le gardien. Celui-ci, d'un geste brusque, lui indique la sortie et, le laissant franchir la porte, la ferme derrière lui. Il a laissé dans sa cellule son sac de voyage, s'est contenté de prendre son portefeuille qu'il a glissé dans la poche arrière de son pantalon. Tous deux parcourent le même couloir que la veille et, à son extrémité, le gardien l'entraîne vers un escalier. Au premier étage, il ouvre une porte donnant dans une salle où il distingue de petites tables et des chaises. Un réfectoire, pense-t-il. Le gardien l'invite à s'asseoir. Quelques minutes après, il revient tenant dans une main une tasse et dans l'autre un petit pain oblong. Il dépose le tout sur la table et, croisant les bras, se poste en face de lui, debout. Pour frugal que soit ce petit-déjeuner, il ne l'apprécie pas moins. Le thé le désaltère. Il s'enhardit à réclamer une autre tasse et le gardien, sans rechigner, satisfait son désir. Il doit se laisser facilement corrompre, songe-t-il. Et il espère que ses geôliers ne se succéderont pas trop, qu'il reverra celui-ci dont il compte utiliser les services grâce à quelques dollars. Lorsqu'il a achevé son petit déjeuner, le gardien lui fait signe de le suivre et ils gravissent les marches d'un autre escalier et atteignent le deuxième étage. L'aspect est plus cossu, quelques boiseries en acajou ornent les murs, les portes sont en bois de la même couleur. Au moment où ils parviennent devant l'une d'elles rehaussée d'une plaque de cuivre, le gardien frappe, attend quelques secondes puis entre et l'invite à pénétrer dans un petit bureau tapissé d'une moquette vert d'eau. À une table se trouve un homme d'une cinquantaine d'années, les cheveux grisonnants, le visage émacié. Il murmure quelques mots à l'adresse du gardien qui, après s'être incliné, recule jusqu'à la porte et disparaît.

— Je vous prie de vous asseoir, déclare l'homme dans un français parfait. Je suis juge des affaires intérieures, chargé d'instruire votre dossier. Vous connaissez les faits qui vous sont reprochés.

— Je suis victime d'un malentendu, réplique-t-il, et retenu indûment dans votre pays.

Devant l'air pincé du magistrat, il devine qu'il a commis une bévue.

— Vous êtes inculpé de vol de statue sur le site d'Angkor où vous vous trouviez récemment. En voici la preuve.

Et il exhibe devant lui la tête de bouddha saisie dans son sac de voyage. Curieusement, le juge ne fait aucune allusion à la lettre, à l'accusation de trafic de statues dont le policier imbécile l'avait chargé. Ce reproche lui semble une peccadille. Il attend quelques instants avant de répondre, car il ne tient pas à s'enfoncer davantage, à provoquer la colère du magistrat.

— Cette tête, Monsieur le juge, a été déposée à mon insu dans mon sac, sans doute lorsque j'étais à mon hôtel de Phnom Penh et que je m'étais absenté de ma chambre.

L'homme fronce les sourcils, le regarde avec perplexité :

— A mon insu ? Qu'est-ce que vous voulez dire ?

— Sans que je le sache.

Il sourit alors, satisfait de cette explication.

— C'est toujours ce que les accusés déclarent, dit-il en se frottant les mains. Ensuite ils avouent la vérité.

— Ce sera simple. Retrouvez les deux guides qui m'ont conduit sur les différents sites d'Angkor et ils témoigneront en ma faveur. Ils ne m'ont pas quitté des yeux.

La réponse est cinglante.

— Vous n'avez pas à me dicter ce que je dois faire ; c'est vous qui devez répondre à mes questions. Vous aurez à prouver votre innocence, vous comprenez ?

Le bonhomme est susceptible, pense-t-il. Il aimerait bien savoir qui l'a dénoncé, comment la justice a été avertie de ce larcin. Mais a-t-il le droit de poser la question ? Il redoute la colère du juge. Ce comportement le désoriente. Il ne connaît rien aux subtilités de la justice, pas davantage à la mentalité des Asiatiques.

— La plainte vient du gardien-chef du site d'Angkor qui vous a vu le 26 juin au matin dans le temple de Banteai Kdei. Il vous a observé en train de discuter avec une personne qui vous a remis un paquet que vous avez introduit dans un sac, puis vous lui avez donné une enveloppe et l'homme est parti. C'était un Européen.

Ces accusations l'accablent. Il fait en sorte de se maîtriser pour ne pas éclater d'indignation.

— Je dois vous dire, Monsieur le juge, que je n'ai jamais rencontré la personne dont vous parlez et que je ne suis jamais allé dans ce temple. Ce jour-là, le même matin, je me trouvais avec mon guide dans le temple de Preah Khan. Il s'agit d'une erreur sur la personne ou…

Il se retient avant de poursuivre.

— Ou ?

— Ou d'un témoignage inexact.

— Le gardien-chef est, comment dites-vous, sous serment. On ne peut pas dire qu'il se trompe volontairement.

— Dans ce cas, il a pu se tromper involontairement, peut-être la personne en question me ressemblait-elle.

— Comment pouvez-vous alors expliquer la présence de la tête de la statue dans votre sac ?

Oui, comment prouver que quelqu'un a introduit l'objet, mais comment le nier aussi ? Il balbutie

— Je ne sais pas. Une vengeance peut-être. Un guide, celui que j'avais engagé le premier jour et que j'ai congédié parce que je n'étais pas satisfait de lui.

Cet argument contribue vraisemblablement à accroître l'hostilité du magistrat qui rétorque que les guides sont des gens irréprochables, honnêtes et que jamais personne n'a été victime de leurs agissements. Cette réponse l'indigne. Décidément, il ne réussira jamais à convaincre cet homme qui l'a déjà condamné et le juge pour la forme au cours d'une audience parodique.

Alors il change de stratégie. En face de l'attitude inflexible du personnage, il réclame un avocat. Il peut en faire venir un de France, s'il le désire. Il a le droit d'être défendu et n'a pas à répondre seul aux accusations formulées à son encontre.

— Vous êtes un étranger mais vous relevez de la justice de notre pays. Ce n'est pas un procès, pas encore, sussure-t-il. C'est une audience avec un magistrat. Connaissez-vous le droit pénal, Monsieur ?

— Non, mais en tant qu'étranger, j'ai le droit d'être défendu, d'informer les représentants de mon pays, en l'occurrence l'Ambassade.

— L'Ambassade de France n'a pas à être informée à votre sujet.

Comment faire admettre à ce bonhomme que ce qu'il raconte est faux ?

— Je suis certain que si vous contactiez le second

guide, il vous confirmerait ce que je vous ai déclaré.

— Comment s'appelait ce guide ?

— Je ne m'en souviens plus, bredouille-t-il.

— Vous voyez bien que vous ne dites pas la vérité, s'exclame le magistrat satisfait. Comment voulez-vous retrouver un guide dans Angkor puisque vous avez oublié son nom ? De toute façon, ce qui vous compromet c'est la présence de la tête de la statue dans votre sac. Si vous reconnaissez les faits, la peine sera moins longue pour vous et l'amende plus légère.

La peine : à ce mot, il voit déjà la prison, les mois passés au secret, loin de chez lui, des siens, l'infamie qui en résultera. Il est décidé à ne pas abdiquer. Il se défendra jusqu'au bout, aura raison de cette face jaunâtre qui se retranche derrière le droit et la prétendue justice. Sa toute puissance l'exaspère. Il a peine à contenir sa colère. N'était sa morale, il serait prêt à jeter sur la table une poignée de dollars qui auraient raison de son autorité et mettrait fin à une séance qu'il juge grotesque et ignoble. Pourquoi ce fonctionnaire mal payé, à la veste râpée, serait-il plus intègre que les autres, corrompus jusqu'à la moelle ? Soudain, il le défie, quitte à se perdre.

— Soit, Monsieur le juge. Je passerai quelque temps dans vos geôles. Lorsque je rentrerai chez moi, j'écrirai mes souvenirs de détenu. J'obtiendrai un succès inespéré et ce sera grâce à vous.

— Cela vous regarde, réplique le fonctionnaire, l'air pincé.

Puis, avant même qu'il ne réplique, le juge appuie sur le bouton d'une sonnette, la porte s'ouvre et le gardien surgit en s'inclinant devant son supérieur qui murmure quelques mots. Il le prend par le bras tandis que le juge le congédie d'un geste. Que la séance tourne court le surprend. Il pressent que d'autres interrogatoires se succéderont sans que rien ne soit modifié de l'attitude du magistrat. Il arrive peu après dans sa cellule en compagnie de son gardien. Il constate que ses affaires se trouvent à la même place. La fatigue monte en lui par vagues. Il s'assied sur son lit, accablé par cette audience, par le caractère obtus du juge, par cette impossibilité qu'est la sienne à témoigner de son innocence. Doit-il se résoudre à accepter le verdict qui ne manquera pas d'être prononcé et la condamnation qui s'ensuivra ? Ne doit-il pas tenter l'impossible, écrire à Yves G., son avocat, pour qu'il intervienne dans les plus brefs délais ? Cette solution lui apparaît comme la meilleure. Pour quelques dollars le gardien acceptera de poster une lettre. Il se décide aussitôt à écrire, s'empare d'une feuille de papier qu'il tire de son sac et commence à rédiger une missive dans laquelle il explique sa situation, le délit qu'on lui reproche. Il ne néglige aucun détail mais soudain il se rend compte qu'il ne peut communiquer aucune adresse à son avocat. Il ignore où il est incarcéré et l'angoisse le poignarde violemment. Il est persuadé que le gardien est incapable d'écrire le moindre mot dans notre alphabet. Comment n'y avait-il pas songé ? Faudra-t-il qu'il revoie le juge pour lui demander le nom de l'administration dans laquelle il est incarcéré et son adresse ? Pareille question ne manquerait de surprendre le sagace fonctionnaire. Qui d'autre le renseignera ? Il contemple la feuille désormais inutile et sa détresse l'accable plus encore. Il s'allonge, déjà en sueur, rageant contre l'absence de ventilateur, contre la fenêtre hermétiquement close. Il a soif et n'a plus rien à boire. Il se rafraîchit en se passant de l'eau du robinet sur le visage et les poignets. Il songe qu'il devrait être arrivé depuis longtemps chez lui et son désarroi ne cesse de s'amplifier…

Le gardien entre, porteur d'un plateau sur lequel sont posés un bol de riz, une tasse contenant de la soupe et une bouteille d'eau. Il dépose le tout sur la chaise et au moment où il s'apprête à sortir, il l'appelle d'un signe. Le jeune homme s'approche de lui. Alors commence une sorte de dialogue qui relève de l'indicible et de l'absurde. Comment savoir le nom de cet établissement ? Il lui tend une feuille de papier sur laquelle il dessine un immeuble, une silhouette représentant un gardien, un juge et lui demande d'un geste de la main d'écrire, mais le gardien ne comprend rien et se contente de sourire. Tant pis. Il griffonne à la hâte quelques mots complémentaires sur la lettre destinée à son avocat, le prie de s'enquérir auprès de l'Ambassade de France à Phnom Penh de l'adresse des prisons ou dépôts où il est censé être détenu, à moins que ce ne soit le siège d'un tribunal. Après tout, il saura bien se débrouiller ! Il cachette l'enveloppe, inscrit le nom et l'adresse de son ami et tend le tout au geôlier avec un billet de dix dollars. Il lui indique qu'il n'a plus qu'à timbrer et expédier la missive. L'autre remercie en s'inclinant par deux fois, ravi de cette gratification inespérée et disparaît. Il est corrompu mais sans doute honnête, se dit-il. La lettre sera expédiée en temps voulu. Quant à la réponse, il n'ose l'espérer de sitôt. Croyant en la vertu des mots, il compte toutefois sur cette lettre pour que son innocence soit reconnue. Sans doute Yves G. parviendra-t-il à lui prodiguer quelques conseils, à lui apporter une aide dont il a un besoin urgent. Toutefois ne manifeste-t-il pas trop d'optimisme ? Que sait-il de la justice de ce pays ? Au reste tout s'embrouille dans sa tête. Est-il seulement accusé d'avoir dérobé un morceau de statue, crime qui lui semble bien dérisoire en regard du trafic auquel se livrent quelques spécialistes dûment aidés par l'armée ? Ou bien la faute est-elle plus grave et ne le croit-on pas à la tête d'un réseau, comme l'avait déclaré le policier de l'aéroport ? Accusation que le juge n'a pas reprise. Ces flottements, ces incertitudes ne servent qu'à aviver son inquiétude. Il voudrait ne plus penser à cette histoire, laisser l'attente se résorber, glisser dans le temps, croire qu'il est victime d'une plaisanterie cruelle mais sans conséquence. Pourtant comment oublier qu'il est détenu, incertain de son destin, aux mains d'une justice tatillonne et rigoureuse. Quelle suite sera donnée à ce commencement de procès ? Un ennemi l'aurait-il poursuivi jusque dans ce pays ? À quoi bon se poser de telles questions puisqu'il n'est pas capable d'y répondre ? Il mise sur l'inattendu : l'intervention de Yves G., peut-être son arrivée s'il devine qu'il court un véritable danger. Il désirerait oublier ces événements mais l'oubli n'est accordé qu'avec le temps. Pour l'heure sa mémoire conserve trop vivement le souvenir de la veille. Il sait qu'il ne réussira pas à effacer les images qui se superposent dans son esprit. Même les instants passés à Angkor lui paraissent irréels, appartenir à quelqu'un d'autre. Ce qu'il a vu interfère avec ce qu'il a lu, contemplé à l'aide de photos. Son unique réalité est constituée par cette cellule, par les paroles qu'il a entendues, les réponses qu'il a fournies, dérisoires et vaines.

Le gardien vient d'entrer et lui signale qu'il lui faut le suivre. Entre temps il a certainement dormi car, lorsqu'il consulte sa montre, il constate qu'il est midi et demie. Il s'efforce de deviner si le jeune homme a posté sa lettre. Il lui montre une enveloppe. Le visage inexpressif ne lui révèle rien. Ce qu'il interprète comme de la mauvaise volonté l'agace. Il se contient pour ne pas élever la voix. Pourquoi parler à cet homme puisqu'il ne saisit pas un mot de ce qu'il raconte ! Quelque mimique à laquelle il se livre pour réitérer sa question, il conserve la même attitude polie et distante. Il s'apprête à emboîter le pas à son garde du corps pour une destination inconnue. Il lui vient des bouffées de haine à l'égard de ceux qui se sont ligués pour l'accuser. Il marche, hébété. Tous deux empruntent un étroit corridor à peine éclairé. Ils débouchent soudain dans une cour. Il remarque une fourgonnette à l'arrêt. Un homme en descend qui échange quelques mots avec le gardien. Ce dernier lui ordonne de monter et il s'assoit à ses côtés. Le véhicule démarre et franchit la porte qu'ouvre un factionnaire. Où se rendent-ils ? S'il pouvait interroger le chauffeur ? Mais il ne doit pas parler un mot de français ou d'anglais ! Il s'adresse pourtant à lui sous le regard inquiet du gardien. Le chauffeur se contente de hocher la tête en guise de réponse. Il aperçoit les rues encombrées de voitures, de motos, de cyclo-pousse et le véhicule à grands coups d'avertisseur se fraie d'autorité un passage. Peu après la fourgonnette s'engage dans une voie plus étroite parsemée de nids de poule. Un virage brutal sur la droite et aussitôt le chauffeur freine, coupe le moteur. Le gardien ouvre la portière ordonnant à son passager de descendre. Il lui vient la folle idée de s'enfuir mais il pressent que ses poursuivants n'auraient guère de mal à le rattraper et à le maîtriser. Les deux hommes — le chauffeur est resté à son poste — pénètrent dans le bâtiment aux murs ocre, sans doute une quelconque administration, un tribunal peut-être. Devant un employé assis à une table, le gardien exhibe un papier dont il s'empare et il lui remet un jeton blanc. Le gardien l'entraîne vers les étages. Au deuxième, il hésite, puis se dirige vers un couloir à peine éclairé. Il fait halte devant une porte, frappe, entre. Dans une salle décorée de bustes en bronze se tient un homme en uniforme auquel le gardien s'adresse. Ils échangent quelques mots avant que l'homme n'ouvre une porte à deux battants, sur sa droite. Il découvre une pièce de petites dimensions meublée de quelques chaises, d'une énorme table en bois et d'un fauteuil en retrait. Quel est ce lieu ? s'interroge-t-il. Le gardien l'invite à s'asseoir sur une chaise placée à côté de la porte, lui reste debout. Il rage de ne pouvoir le questionner, s'informer de ce qui lui est réservé. Qui attend-on ? Un juge ? Le président d'un tribunal ? Ce silence l'accable, l'angoisse. Si son sort allait se jouer ici ? Il est une heure moins dix. Décidément les horaires de l'administration sont curieux. La pièce est éclairée par quatre fenêtres tandis qu'au plafond un ventilateur tourne lentement, brassant l'air chaud. Son front, ses mains sont moites ; de temps à autre, il inspire longuement, comme pour chasser son inquiétude. Une dizaine de minutes plus tard, la porte s'ouvre. Il se retourne et aperçoit deux hommes en civil, dont l'un élégamment vêtu d'un costume clair. Ils s'installent à l'extrémité de la première rangée et commencent à s'entretenir à voix basse. Qui sont-ils ? Des magistrats ? Des témoins ? Impossible de le savoir. De nouveau cette incapacité à comprendre la langue l'exaspère. Peut-être ces hommes parlent-ils l'anglais ? Il devine, lorsqu'il fait mine de se lever, qu'il n'en a pas le droit. Le gardien, d'un geste ferme, l'invite à rester assis en posant une main sur son épaule. Pas de doute, les nouveaux venus ont un rôle important à jouer dans cette affaire. D'ailleurs l'un d'eux s'est tourné vers lui, l'a dévisagé attentivement avant de reprendre sa conversation avec son voisin. De nouveau il perçoit le grincement de la porte qui s'ouvre et, se retournant, voit apparaître deux hommes d'une quarantaine d'années qui se dirigent vers les deux inconnus ; ils se saluent, chuchotent à voix basse. Ils n'ont aucun regard pour lui et le gardien, intimidé, se raidit encore davantage, comme s'il craignait d'être réprimandé par les nouveaux arrivants. Ceux-ci prennent place derrière la table. Le plus âgé s'assied dans le fauteuil tandis que l'autre tire à lui une chaise sur laquelle il s'installe. Ils sortent chacun de leur serviette un dossier qu'ils ouvrent devant eux. Il s'entend interpellé en français par le plus jeune qui lui demande de s'avancer au premier rang alors qu'un ordre est donné au gardien qui se place quelque peu en retrait, toujours debout.

— Vous êtes bien M. Claude Leray ? fait l'homme en le dévisageant.

— C'est exact.

— Pouvez-vous le prouver ?

Cette question le stupéfie.

— Mon passeport m'a été confisqué. Je n'ai pas d'autre pièce d'identité.

— Très ennuyeux, murmure l'homme et il se penche vers son voisin qui fronce les sourcils et chuchote quelques mots. Il fouille dans son dossier, en extrait un papier.

— C'est une photocopie, fait-il. Et il exhibe devant lui la reproduction de la page de son passeport sur laquelle figure sa photo. Il veut se lever pour s'approcher du document mais le gardien plaque sa main sur son épaule.

— Vous reconnaissez être M. Claude Leray, né le 10 septembre 1946 à Paris.

— C'est exact, répond-il en songeant avec angoisse que son passeport a disparu entre temps. Entre les mains de qui se trouve-t-il maintenant ?

— Pouvez-vous nous expliquer les raisons pour lesquelles vous êtes venu à Angkor ? demande-t-il d'un ton sec.

— Je m'intéresse depuis longtemps à l'art khmère. J'ai même écrit quelques articles à ce sujet et j'avais envie d'aller sur les lieux.

— Très bien.

Aussitôt l'homme rapporte ces paroles à son voisin qui prend quelques notes. Il remarque que les deux témoins n'ont pas bougé et semblent intéressés par ces propos qui s'échangent sans qu'ils ne comprennent rien à leur contenu.

— Vous vous trouviez sur le site du 25 au 30 juin, reprend l'homme. Vous avez utilisé un guide, ou plutôt deux guides. Le deuxième parlait français. Vous avez visité la plupart des temples. Vous avez été surpris le 26 juin, au lever du soleil, dans le temple de Banteay Kdei. Une personne vous a remis un sac en échange de dollars. Ces deux messieurs, fait-il en désignant les deux hommes assis, vous ont vu. Ils sont gardiens à Angkor, gardien-chef et surveillant, ajoute-t-il, comme pour donner du poids à ces déclarations.

De nouveau, il n'est plus question de la lettre à laquelle le policier de l'aéroport avait fait allusion et son crime se borne au vol d'une statue effectué par un tiers. Ces accusations, comment les réfuter ? Il a beau répéter qu'il ne s'est jamais rendu dans ce temple, qu'il n'a jamais vu les deux gardiens en question, l'homme, sans doute invité par son voisin, poursuit son réquisitoire.

— Comment nier que la tête de la statue était en votre possession ?

— Quelqu'un a voulu se venger de moi. Peut-être le premier guide que j'avais congédié. Il s'est sans doute mis en rapport avec un trafiquant qui se sera arrangé pour glisser la statue dans mon sac, comme je l'ai déclaré lors de mon premier interrogatoire. Mais peut-être que ces deux personnes m'ont confondu avec quelqu'un d'autre.

— C'est impossible. Vous accusez sans preuve deux fonctionnaires. Je vous conseille de cesser de vous comporter ainsi.

Le visage de l'interprète — mais n'est-il que cela ? — s'est durci. Un rictus souligne sa colère. Décontenancé par cette réplique, il s'efforce d'adopter une autre stratégie qui ne heurtera pas ses accusateurs.

— Pensez-vous que j'aurais pris de tels risques pour obtenir la tête d'un petit bouddha ? La statue entière, peut-être, mais une simple tête !

— Vous reconnaissez que vous étiez prêt à trafiquer pour une statue entière, déclare, satisfait, l'interprète, tandis que, sans attendre la réponse, il glisse quelques mots à son voisin.

— Je n'ai pas dit cela. J'ai dit que si j'avais eu l'intention de me livrer à un quelconque trafic, j'aurais agi autrement.

L'homme s'impatiente. De toute évidence, cette réponse l'irrite et il regarde les deux fonctionnaires qui, jusqu'à présent sont demeurés silencieux. Il s'adresse à eux d'un ton ferme. Le plus jeune, qui a une cicatrice sur le front, répond par quelques mots que l'interprète traduit.

— Le gardien-chef vous a reconnu. Aucun doute possible. La personne qui vous a remis le paquet a aussitôt disparu en voiture. C'est ce que le surveillant a constaté peu après. Qu'avez-vous à répondre ?

Ces deux hommes ont décidé ma perte, songe-t-il. Il s'agit d'un coup monté et de quelqu'un qu'on veut disculper dans cette affaire.

— Je ne peux que confirmer ce que je vous ai déclaré, réplique-t-il sans cesser de dévisager son accusateur et son voisin qui, constate-t-il, perd son calme. Il le note à cette agitation des mains, à ce rictus soudain. Les deux hommes conversent tout en consultant l'un des dossiers placés sur la table. Que se disent-ils ? Quelle tactique essaient-ils d'adopter pour le faire avouer ? C'est du moins ce qu'il croit être l'objet de leur conversation.

— Monsieur le Président aimerait vous interroger au sujet de votre retour à Phnom Penh. Qu'alliez-vous faire exactement dans notre ville ?

Décidément cette question est absurde ou bien d'une perfidie qu'il ne soupçonne pas.

— Dites à Monsieur le Président que j'en avais terminé avec mon séjour à Siem Reap et avec mes visites à Angkor. J'ai regagné la capitale pour repartir en France via Bangkok. Mon billet d'avion mentionne le jour et l'heure de mon départ. Je ne suis resté que trois jours ici, le temps de me reposer. Vous avez bien vu que...

L'interprète l'interrompt et transmet la réponse au Président. Nouveau conciliabule entre les deux hommes puis cette nouvelle question :

— Monsieur le Président voudrait savoir où est passée la seconde partie de la statue.

Il est abasourdi par cette demande. Il répond à son accusateur en insistant sur le fait qu'il ignore tout de la statue, de sa provenance.

— Vous mentez. Vous savez très bien que la statue a disparu. Pourquoi l'avez-vous brisée ? Vous aviez l'intention de la vendre en deux morceaux ?

Il ne réussira jamais à convaincre ses juges de son innocence, ni à se justifier. Les preuves sont contre lui. Que risque-t-il ? De la prison, une amende ? Il n'a pas le courage de recommencer à se défendre. Du reste, il pressent que cette attitude ne servirait à rien. D'avance il est condamné. Il n'a plus rien à opposer. La chaleur sature la pièce. Il transpire lourdement. La présence du gardien lui pèse, même s'il sait qu'il n'est qu'un figurant de dernière importance. Il ne répond rien.

— L'entretien est terminé, fait l'interprète.

D'un hochement de tête, il ordonne au gardien de reconduire l'accusé.

Cette séance n'est que la première et d'autres, tout aussi stériles et éprouvantes, se succéderont, en présence de gens différents mais ligués contre lui. Pourvu que Yves G. reçoive sa lettre et intervienne. Il n'attend de salut que de lui. Mais dans combien de temps retrouvera-t-il sa trace ? De nouveau il reprend place dans la fourgonnette en direction de sa cellule, de sa solitude. Seul le gardien, certainement inoffensif, le rassure. Il s'est accoutumé à lui, à ses sourires qui constituent des réponses muettes à des questions dont il interprète le contenu à sa guise. S'il pouvait lire un journal, fût-ce en anglais, mais il ne doit pas en avoir l'autorisation et, de plus, comment parviendrait-il à obtenir la moindre publication ? Il ne dispose que de quelques livres qu'il a apportés et qu'il a déjà lus. Il se dit qu'une relecture l'aidera à supporter la vacuité, le temps creux. Encore heureux que son sac ne lui ait pas été confisqué ! L'attente insupportable — de quoi au juste ? — écorne tout espoir. Est-il donc le seul détenu dans ce bâtiment ? Lorsque le gardien le raccompagne dans sa cellule, il a envie de lui demander de rester mais il juge vite l'inanité de cette supplique. Comme si ce jeune inconnu était attaché à son service ! Il ne lui reste plus qu'à comprendre qui est à l'origine de son arrestation. Certes il aurait dû reconnaître qu'il se trouvait au temple de Banteay Kdei. Cet aveu lui aurait évité de se heurter à ses accusateurs. Le pouvait-il ? N'était-ce pas se condamner d'avance, ne pas résister obstinément afin de confondre ses détracteurs ? Son comportement, avec le recul, lui apparaît comme néfaste. Il se répète qu'il n'arrivera pas à se disculper si tant de preuves l'accablent de la sorte. Il enrage contre cette statuette dont il ne subsiste plus que la tête et qui l'accuse depuis le début. Il secoue les épaules, indécis sur la tactique qu'il adoptera par la suite. Ses idées manquent de clarté. Il lui aurait été utile de consigner toutes les questions qui lui ont été posées et les réponses qu'il a fournies. Il redoute de se contredire, erreur qu'il a évitée jusqu'alors. Il reprend un livre sur Angkor, repart en pensée vers ces lieux qu'il a explorés avec un tel enthousiasme, ces lieux tant de fois pillés, détruits et toujours convoités. Des lieux que d'aucuns, comme Claudel, ont considérés comme maudits. Ne serait-il pas tenté de le croire ?

À l'aube il est de nouveau réveillé après un court sommeil. C'est toujours le même gardien qui lui apporte un petit déjeuner très léger et lui fait comprendre qu'il doit se dépêcher. Il reviendra dans vingt minutes. Le jeune homme semble très nerveux comme si un événement important allait se produire. Que risque-t-il désormais, maintenant qu'il est certain de n'être pas absous ? Lorsque reparaît le gardien, il est prêt et tous deux reprennent le même chemin en direction de la sortie où les attend la même fourgonnette. Seul le chauffeur a changé. C'est un homme assez âgé aux cheveux gominés. En route, il croit reconnaître certaines artères mais sans beaucoup de certitude. Pourtant c'est bien le même immeuble devant lequel le véhicule s'immobilise. Il s'apprête à descendre mais le gardien le retient par le bras et désigne du doigt sa montre. Il comprend qu'ils sont en avance et qu'il faut attendre. Ce n'est qu'au bout d'une dizaine de minutes qu'il est invité à quitter sa place et à suivre son gardien. Ils empruntent un couloir au rez-de-chaussée et se trouvent bientôt devant une porte. Un factionnaire se précipite et le gardien exhibe un document que le préposé lit avec attention. Il prononce quelques mots, ouvre la porte et fait entrer les deux hommes. La salle est vide, le décor identique à celui de la veille. Il prend place sur une chaise au premier rang tandis que le gardien s'assied à ses côtés. Il se lèvera quand les juges arriveront, pense-t-il. C'est le second interrogatoire et il se demande ce qui lui sera de nouveau reproché, ce que l'on cherchera à savoir de plus. À peine entend-il la porte s'ouvrir, il a somnolé durant quelques secondes et le bruit des pas l'a réveillé. Comme un automate le gardien se lève et l'imite. Les deux arrivants n'ont pas un regard pour lui et ils se dirigent, toujours chargés de dossiers, jusqu'à la table où ils prennent place en se consultant.

— Vous pouvez vous asseoir, déclare celui qu'il appelle l'interprète. Il s'agit aujourd'hui pour vous de nous préciser quelques points. Tout d'abord, vous avez fait la connaissance à Siem Reap d'un Américain avec lequel vous êtes sorti plusieurs fois et qui, lui aussi, a visité Angkor en même temps que vous. Qui était cet homme ?

— Un touriste. En effet, j'ai dîné deux soirs avec lui et nous avons parlé de ce que nous avions eu l'occasion de voir durant nos visites. Je ne sais rien de précis sur lui, sinon qu'il est architecte et qu'il habite Chicago. Il est parti après moi. Nous avons échangé nos adresses, à tout hasard.

— Pourriez-vous nous donner son nom, son adresse exacte ?

— Il s'appelle William Robertson. Je ne sais pas son adresse par cœur. Il faudrait que je retrouve sa carte de visite.

— Le nom est exact. Nous vous remercions.

Comment ces gens-là se sont-ils arrangés pour retrouver l'identité de cet éphémère compagnon qui n'est plus qu'un souvenir fragile ? Au fait qui était ce Robertson ? s'interroge-t-il au moment où le Président s'adresse à lui par l'intermédiaire de l'interprète.

— À Phnom Penh, vous deviez rencontrer un archéologue français, M. Gerfaut, mais il était absent au moment de votre retour de Siem Reap. Quel était l'objet de cette visite ?

Cette fois, il est interloqué par cette question. Qui l'a espionné de la sorte ?

— Je voulais le saluer de la part d'un de nos amis communs, rien de plus.

— Vraiment ? fait l'interprète après avoir traduit sa réponse.

— Vraiment.

Les deux hommes se concertent pendant quelques secondes puis l'interprète élève de nouveau la voix, sèchement.

— Vous savez que cette personne est un des membres de l'École Française d'Extrême-Orient, très érudite en matière d'art khmère.

— Je le sais, réplique-t-il en dévisageant le Président qu'il soupçonne de comprendre le français.

— Si vous vouliez voir M. Gerfaut après avoir visité Angkor, c'était bien pour avoir des précisions sur l'objet que vous vous étiez procuré quelques jours plus tôt.

— Je vous répète que je ne me suis jamais livré à un semblable trafic. J'avais besoin de lui poser quelques questions au sujet de ce que j'avais vu, de certains bas-reliefs notamment.

Le Président affiche alors un air moqueur.

— M. Gerfaut devait être présent lors de votre venue mais, malheureusement pour vous, il a été rappelé d'urgence à Paris. Il n'a pas eu le temps de vous prévenir.

— C'est ce que l'on m'a déclaré quand j'ai téléphoné à son domicile.

— Il y a beaucoup de choses que vous dissimulez à la justice, trop d'inexactitudes dans vos réponses. Vous semblez avoir beaucoup perdu la mémoire depuis que vous êtes arrivé dans notre pays.

Cette réplique fouette sa sensibilité déjà à vif. Il a envie de clamer qu'il est victime d'une machination, que des inconnus souhaitent le perdre et que la justice s'acharne contre lui pour des raisons qu'il ne soupçonne pas. Il pressent qu'il doit se maîtriser, montrer plus de prudence.

— Comprenez que l'on m'accuse sans raison. Je vous ai déjà dit que j'étais étranger à cette affaire. On ne saurait à moins avoir l'esprit troublé. En ce moment, je devrais…

— Oui, nous savons. Vous devriez être en France après avoir vendu la statue volée.

— Je devrais être en France. Quant à la statue, ou ce qu'il en reste, je vous ai tout dit à son sujet.

— Non, M. Leray, vous nous avez dissimulé l'essentiel. Pourquoi cette statue a-t-elle été brisée en deux ? Vous n'avez pas encore répondu à cette question pourtant capitale.

— Ce n'est pas moi qui l'ai brisée. Elle était ainsi dans mon sac. Ou plutôt elle était ainsi quand on l'a trouvée.

— Voilà la réponse que nous attendions, s'exclame l'interprète. Vous venez de commencer à avouer. Une partie de la statue se trouvait dans votre sac. Vous le saviez. C'était ce que nous voulions vous entendre déclarer. Après, la suite va revenir à votre mémoire. À moins que vous ne désiriez que nous vous la racontions.

Ses mains tremblent, sa bouche est sèche.

— J'ai dit qu'on avait trouvé cette tête, proteste-t-il d'une voix sourde.

— N'essayez pas de vous rattraper, grogne l'interprète. Lorsqu'on vous a remis la statue, vous avez réalisé que vous aviez commis une erreur. Cet objet vous encombrait. Vous pensiez qu'il était plus petit, plus facilement transportable, mais comme vous ne désiriez pas perdre totalement le produit de cet achat, vous avez fait découper la statue par un artisan de Siem Reap, moyennant quelques dollars. Vous avez emporté les deux morceaux avec vous, dans votre sac à dos. Quand vous êtes arrivé à Phnom Penh, vous aviez l'intention de faire expertiser cet objet, la tête du moins, par les services de M. Gerfaut en lui expliquant sans doute que vous aviez acheté cette statue mutilée pour une petite somme. L'absence de M. Gerfaut a bouleversé vos plans. Alors vous avez jeté le corps de la statue dans le Mekong et vous avez conservé la tête en souvenir, peut-être pour la vendre. Que comptiez-vous faire de l'autre partie ?

— Je ne comprends pas ce que vous racontez, murmure-t-il, épuisé.

— Dans ce cas, nous nous reverrons demain. Entre temps, vous allez pouvoir réfléchir.

L'interprète et le Président se lèvent et ce dernier ordonne au gardien de quitter la salle avec l'inculpé...

Sa cellule retrouvée, l'accablement pèse encore plus fort sur lui, douloureux, insupportable. Les paroles qu'il a entendues, celles qu'il a prononcées se confondent les unes les autres, revenant en écho dans sa mémoire, presque imperceptibles. Comment a-t-il pu être surveillé ainsi ? Était-il déjà suspect lorsqu'il est arrivé à Siem Reap ? Il est convaincu que seul le premier guide — un guide ou un mouchard — l'a dénoncé. Il s'est méfié de lui dès qu'il l'a aperçu et regrette de l'avoir engagé sur le champ. Aurait-il pu acheter son silence ? Avec le recul, il n'en doute plus. Il a agi maladroitement sous le coup de la colère, alors qu'il aurait été plus aisé de lui glisser quelques dollars, un argument plus convaincant que n'importe quel autre. Cette fois, il ne s'en tirera pas. Ses juges, et surtout le Président, le confondront même s'il continue de protester, d'affirmer son innocence. Il ne réussira pas à avancer la moindre preuve qui renversera les accusations de la justice. Démuni, seul — il est évident qu'Yves G. n'interviendra pas à temps, si du moins il a reçu sa lettre — il représente la victime la plus vulnérable que personne ici ne se hasarderait à défendre. Sa détresse est telle et le jugement qu'il porte sur ses agissements si désespérés qu'il en vient à réaliser que, dès son arrivée, il n'a commis que des erreurs vite repérées et exploitées par ceux qui voulaient le perdre. Et s'il avouait ? Ce serait peut-être le moyen d'encourir la peine la plus légère.

Sinon, il lui faudra s'enfoncer davantage dans le mensonge, étayer sa défense sur des arguments trop fragiles pour être acceptés. Pareille attitude de dénégation ne manquera pas de provoquer l'animosité de ses juges. Il se demande si, agissant ainsi, il n'est pas deux fois coupable : à ses yeux et à ceux de la justice. Il voudrait s'engloutir dans le sommeil, dans l'oubli de ces événements, dans son propre oubli. Il s'est étendu sur son lit, accablé par la chaleur, la soif. Le gardien ne lui a pas apporté son repas. Il n'a plus rien à boire et il contemple le robinet du lavabo qu'il serait prêt à ouvrir s'il ne connaissait le danger qu'il court en buvant cette eau polluée. Il redoute la prochaine séance, sans doute décisive. Comment retourner l'accusation? Persuader la justice de son innocence? Il a beau essayer d'élaborer une stratégie de défense, ce qu'il édifie s'écroule lorsqu'il examine la faiblesse de sa thèse. Et pourtant? Devra-t-il s'incliner, se résigner à être condamné? Dans ce cas, pourquoi ne pas s'en remettre à la confession écrite qui vaut tout aveu? Elle lui éviterait peut-être une nouvelle confrontation éprouvante. Pourquoi ne pas rédiger une lettre dont le contenu serait le suivant?

Monsieur le Président,

Je suis arrivé à Siem Reap le 25 juin. Le lendemain, je me suis rendu à Angkor, régulièrement accompagné d'un guide qui, sur ma demande, m'a emmené en premier lieu au temple de Banteay Kdei. J'y ai rencontré M. C. qui m'a remis un paquet, conformément à nos accords. Le guide, qui a assisté à la scène à la suite d'un malentendu, a tenté de m'extorquer une grosse somme afin d'acheter son silence. J'ai refusé et je l'ai congédié. C'est sans doute lui qui m'a dénoncé. Je comptais remettre le paquet à un certain M. J., le commanditaire. Celui-ci ne s'est jamais présenté à moi. J'ignore ce qu'il est devenu. L'objet m'encombrait et j'ai résolu de m'en débarrasser par les moyens que vous avez signalés. Ce que vous ignorez c'est que l'artisan qui a expertisé la statue m'a déclaré que c'était un faux assez réussi. À titre de souvenir je n'ai conservé que la tête qui n'a aucune valeur. Aussi ai-je l'honneur de solliciter de votre part une marque de bienveillance envers moi. Vous pourrez vérifier l'exactitude de mes propos en faisant procéder à une expertise de la tête du petit bouddha, œuvre d'un faussaire consciencieux.

Je vous prie d'agréer, Monsieur le Président, l'expression de ma profonde considération.

Maintenant il se sent allégé, presque tranquille. Il plie la feuille en quatre, la glisse à l'intérieur d'une enveloppe qu'il libelle à l'attention du Président de la Chambre d'accusation du Tribunal, sans trop savoir si l'intitulé convient. Il ne risque qu'une peine de prison minime. Il se pourrait que son avocat intervienne, bien qu'il n'espère plus guère en ce secours, cette affaire étant pour lui sans importance. Peut-être n'a-t-il jamais reçu la lettre qu'il lui a adressée. Le gardien n'aura sans doute pas jugé utile de se rendre à la poste. Il éprouve une violente soif qui le torture de plus en plus. Son geôlier l'aurait-il oublié ?

En dépit de la chaleur, il s'est assoupi. À son réveil, il découvre la nourriture et la bouteille d'eau poséées sur le sol. Il boit presque d'un trait la moitié de la bouteille et touche à peine au riz et à la soupe. Il remarque que l'enveloppe se trouve toujours sur la chaise. Il ne sait s'il doit la confier au gardien ou essayer de la remettre en mains propres à ses juges. Il a l'impression que des ennemis l'encerclent qui s'acharnent à l'enfoncer dans une culpabilité dont il ignore en quoi elle consiste. Il prendra une décision dès le lendemain. Pour le moment, il lui reste à flotter, à échapper à des événements qu'il ne maîtrise plus. Les autres agissent pour son compte et contre lui. Qu'il se repose donc !

*

Dans un entrefilet du *Phnom Penh Post*, on pouvait lire en date du 3 juillet 19…, qu'un Français, M. Claude Leray, avait été découvert mort dans sa cellule de la

Prison centrale. Il était accusé de trafic d'objets d'art. Toutefois les preuves de sa culpabilité n'avaient pu être encore établies. Sa mort paraissait naturelle. Une enquête avait été ouverte.

UN MOMENT DANS LA VIE DU DOCTEUR GUILLOTIN

Pour débarrasser avec honneur la terre, et plus particulièrement la France, des criminels qui l'encombraient, il fallait en finir avec des pratiques qui n'étaient plus dignes du siècle des Lumières, se disait le Dr Guillotin. La pendaison était un procédé inhumain qui révélait l'appartenance à un monde révolu et contribuait à nuire à l'esprit civilisateur de notre pays. Au reste, les inévitables bouleversements qui s'ensuivraient entraîneraient des exactions qu'il conviendrait de réprimer. Allons, réfléchissons, songea-t-il. Il me revient de découvrir quelque chose de simple qui servira pour tous les cas de condamnation à mort. Quelque chose qui causerait une mort indolore, instantanée. Un poison ? Mais est-on jamais sûr de l'efficacité de ces drogues ? Nos chimistes sont des ânes et quoi de plus dangereux qu'un tel procédé ? D'ailleurs les poisons ont trop souvent été utilisés au fil des âges pour qu'il soit nécessaire de leur assurer une légalité imprescriptible. Décidément, je me demande si je ne devrais pas recourir à des moyens plus mécaniques. Un système de strangulation perfectionné, avec une rupture immédiate de la colonne vertébrale. Non, non, ce serait renouer avec une ancienne pratique, celle des gibets, la honte de notre pays autrefois. La noyade ? Là aussi ce n'est guère indolore et cela manque d'esthétique. Depuis longtemps le Dr Guillotin réfléchissait à cette invention qui ferait de lui un des bienfaiteurs de son pays. Il avait procédé à des esquisses de machines toutes plus compliquées les unes que les autres, dont l'une à décerveler et à laquelle il avait renoncé.

Un jour, néanmoins, l'inspiration le visita, comme elle dessert mystérieusement les véritables créateurs. C'était la tête qu'il devait atteindre. Il lui revint à l'esprit la décollation de Saint Jean-Baptiste et, à partir de cette image obsédante, il jugea que sa machine, puisque c'en serait une, frapperait la tête jusqu'à la trancher d'un coup. La souffrance serait réduite à rien étant donné la rapidité de l'opération. Pour cela il comptait sur une lame très acérée qui tomberait sur le cou du condamné et le décollerait aussitôt. Tenaillé par ce projet, il s'assit à son bureau, s'empara de grandes feuilles de papier, d'une mine de crayon et se livra à d'imperceptibles ébauches, notant ça et là quelques mots qu'il pouvait seul déchiffrer. Ce qui importait, c'était la forme du couperet. Selon lui, il épouserait le contour du cou et, de ce fait, serait constitué d'un arc de cercle. Comment serait exécuté le condamné ? Allongé, accroupi, voire debout, mais cette position ne semblait pas des plus aisées. Allongé, les mains derrière le dos était meilleur. C'était dénoncer l'humiliation du criminel, sa faiblesse, sa déchéance. Pourtant, un point contrariait le Dr Guillotin : comment convenait-il de placer la tête du condamné ? Le couperet devait aller jusqu'au terme de sa course pour la décoller. Dans ce cas, ne devait-elle pas reposer dans le vide ou être maintenue par un procédé qui restait à élaborer ? Quant au mécanisme lui-même, il suffisait d'un contrepoids qui, libéré, faisait chuter la lame sur un point précis : la nuque. La violence du choc libérait la tête du reste du corps. Et c'en est fait, siffla, admiratif, le Dr Guillotin. Non, ce n'en était pas fait. Ou du moins pas entièrement. Le principe trouvé, restait la construction de la machine et, en premier, l'étude précise sur le papier. Habile dessinateur, le Dr Guillotin continua d'esquisser différents modèles, de s'adonner à divers calculs pour obtenir la plus grande efficacité de l'engin qu'il ne savait pas comment nommer. Le "tranche-chef", le "coupe-coupe" et il inscrivit ces termes au bas d'une de ses feuilles.

Fasciné par la possibilité qu'était la sienne de construire une machine dont il supputait l'utilité en cette période de troubles, le Dr Guillotin avait hâte d'affermir ses projets. Il comptait présenter son appareil au roi Louis XVI dès qu'il aurait façonné un modèle réduit, car Sa Majesté était un excellent travailleur manuel et un serrurier confirmé. Construisons la machine et, bien entendu, expérimentons-la, se dit-il. L'expérience aurait lieu sur des animaux, bien qu'il les affectionnât. Le lendemain matin, ayant peu dormi, s'étant levé tôt, il appela Justin, son domestique.

— Débrouille-toi pour m'apporter une demi-douzaine de souris, fit-il.

L'autre, ahuri, regarda son maître et murmura :

— Seigneur Jésus, où voulez-vous que je trouve ces bêtes ?

Exaspéré, le Dr Guillotin le morigéna sans ménagement.

— Je n'en sais rien. Dans un terrain vague, dans une cave. Peu importe. Mais surtout ne reviens pas bredouille. Il me faut absolument ces bestioles.

Je ne peux quand même pas expérimenter ma découverte sur un de mes patients, songea-t-il. Ce serait un crime. Je suis un philanthrope, pas un assassin ni un bourreau. Ce n'est pas pour rien qu'on m'appelle le *bon* Dr Guillotin.

Il retourna dans son cabinet de travail, dessina à nouveau sa machine sous plusieurs angles. À la réflexion, le condamné sera à genoux, position qui ajoutera davantage à son humiliation, accentuera sa faiblesse et aussi soulignera, je l'espère, son repentir. À genoux, répéta-t-il, la tête posée sur un billot en bois. Reste le problème de la décapitation. Je crois qu'on ne pourra pas empêcher le sang de gicler. Dans ce cas, il sera bon de trouver un moyen pour l'éponger. Peut-être un préposé sera-t-il nécessaire ou alors suffira-t-il de protéger la tête par des rideaux. J'aimerais pourtant que le spectacle soit visible, propre à édifier les hommes. Enfin, cela est mineur. L'essentiel, c'est le parfait fonctionnement de ma machine.

Ayant posé ses bésicles sur sa table, le Dr Guillotin ferma les yeux un instant. Il se leva bientôt, se dirigea vers une petite pièce dans laquelle se trouvait une armoire qu'il ouvrit et dont il tira quelques minces planches de bois. Quand ce nigaud de Justin sera de retour, je lui demanderai de construire un modèle en miniature. Pour le couperet, je le donnerai à façonner chez le coutelier de la rue des Blancs-Manteaux. Mais que fait-il donc ? s'impatienta-t-il. Il s'amusait à assembler les pièces de bois, s'essayant à donner forme à sa machine. Soudain, on heurta à la porte : c'était Justin, essoufflé, qui arrivait.

— Ah, M. le Docteur, j'ai vos bêtes. Un gamin, un miséreux, me les a procurées. Je lui ai donné deux sous. Tenez, les voilà.

Il souleva le couvercle et le Dr Guillotin découvrit six souris de belle taille qui s'agitaient, visiblement affolées.

— Parfait. Attends. Tu vois le dessin et ces morceaux de bois. Il suffit de découper le tout aux dimensions que je vais te donner puis d'assembler ces pièces. Voilà ton travail. Ensuite tu te rendras chez Ferdinand, le coutelier, et tu lui diras de passer ici.

Justin regardait son maître avec stupéfaction.

— Allons, ne reste pas planté là, plus vite que ça.

Déjà il s'était emparé de son croquis, prenait des mesures, alors que Justin s'affairait à l'aide d'une petite scie à découper les pièces de bois à la dimension voulue. L'appareil se présentait sous forme d'un socle : sur les côtés deux pans s'élevaient, rejoints par une traverse à leur sommet. Le Dr Guillotin pensa : ici se placera le couperet. J'assemblerai le contrepoids avec un ressort qui, mû par une poulie, se détendra fortement. Et clac, fit-il devant Justin ébahi qui avança :

— M. le Docteur a parlé ?

S'apercevant de sa bévue, il bredouilla :

— Mais non. Continue ton travail. Prends soin de bien assembler les pièces. Il faut que ça tienne, que diable !

Rudoyant son domestique, il obtint enfin ce qu'il désirait.

— Pas mal, cela a belle allure.

Justin, qui ne se doutait de rien, demeurait les bras ballants devant l'étrange construction.

— C'est du beau travail.

— Je ne te demande pas ton avis. Cours chez le coutelier et dis-lui de venir aussitôt. Je l'attends.

Le Dr Guillotin semblait tout entier absorbé par son invention. Il songeait qu'à partir de l'instant où il l'aurait expérimentée sur les souris, il pourrait la présenter au roi, lui démontrer la perfection du système, du moins l'espérait-il, et il mettrait en évidence le symbole qu'elle représentait. La peine capitale ainsi conçue d'une façon égalitaire octroyait à la justice toute sa majesté et rendait à la civilisation tout son honneur. Le progrès s'infiltrait parmi les rouages les plus intimes de la société. Le condamné à mort, par la séparation de la tête et du corps, par cette dualité, apportait à la face du monde une réponse claire : la tête, siège de pensées nuisibles, était dissociée du reste du corps, simple appendice sans responsabilité.

Au moment où entrait Ferdinand, le bonnet à la main, introduit par le vieux domestique, le Dr Guillotin s'aperçut qu'il parlait seul. Il se reprit et, avec courtoisie, déclara :

— Citoyen Ferdinand, je vous demande de bien vouloir prêter attention à ce que je vais vous dire. Vous avez en face de vous un appareil que j'ai réalisé. Je n'ai pas à vous informer de l'usage auquel je le destine. Je voudrais que vous fixiez ici — et il désigna la partie transversale de la machine — un couperet en arc de cercle, comme ceci — il lui montra le croquis qu'il avait dessiné — mais à la condition que vous exécutiez ce travail de montage dans mon bureau. Je suis assez pressé. Voici la forme et les dimensions de la lame. Je compte sur vous pour que vous me la façonniez.

Ferdinand, sans trop comprendre le contenu de ce discours, répondit simplement :

— Pas avant demain dans la soirée, Docteur, j'ai pas mal d'ouvrage.

— Soit. Soyez ici à sept heures avec le matériel nécessaire.

— Ce sera fait, comptez sur moi.

Il salua son hôte et sortit.

L'impatience torturait maintenant le Dr Guillotin. Dès que le coutelier aurait fixé la lame, il expérimenterait son appareil sur les souris qu'il avait confiées à Justin. Il faut bien commencer par elles, se dit-il. Même devant le roi, je pratiquerai de la sorte pour lui démontrer l'excellence de mon invention. Personne, je le présume, n'aurait été capable de réaliser une pareille machine. Mon nom passera à la postérité et j'aurai mis moins de temps à la conquérir que certains artistes qui auront peiné des dizaines d'années pour arriver derrière moi.

Aussi le lendemain, dès la fin de l'après-midi, guettant l'arrivée de Ferdinand, le Dr Guillotin songeait-il déjà à la première expérience qu'il réaliserait. Bien entendu il ne désirait nullement que Justin ou Ferdinand assiste à cet essai. Il se doutait que l'un et l'autre se rendraient compte de l'usage que l'on pouvait faire de son appareil. Pourtant les deux hommes étaient inoffensifs et ne divulgueraient pas son secret.

Le coutelier se présenta vers dix-neuf heures, muni de ses outils et de la lame préalablement découpée. Le Dr Guillotin lui expliqua de nouveau ce qu'il devait réaliser. Ferdinand aiguisa alors le plus finement qu'il put la lame d'acier, puis la fixa au sommet de l'appareil sur la pièce transversale appropriée. Cette fois la machine était en état de fonctionnement, du moins le Dr Guillotin le pensait-il. Il expédia rapidement Ferdinand après avoir payé généreusement ses services. Il sonna Justin, le priant de lui apporter les souris. L'émotion le gagnait. Malgré l'innocence de l'animal, il serait la première victime de son invention. Bien sûr il s'agissait d'un acte assez cruel, mais, au fond, qu'était une souris ? Un être vivant certes, mais dépourvu de raison, d'intelligence. Le Dr Guillotin s'empara de l'une d'elles qui gigotait dans sa main. Il était nécessaire qu'elle restât immobile. Pour cela il lui ficela les pattes, non sans mal, et plaça la tête sur un petit billot. L'observateur qu'il était demeurait attentif au résultat. La souris ne bougeait pas et le Dr Guillotin voyait ses flancs haleter. Il n'hésita pas : il actionna le mécanisme et le couperet tomba sèchement sur le cou de la bête qui poussa un faible cri. Hélas, la tête ne se sépara totalement pas du corps, le sang coula en un filet rouge. L'animal s'agita, couina, puis se tut. L'opération avait à moitié réussi. Il faut comprimer davantage le ressort, de manière à accélérer la vitesse de chute de la lame, pensa-t-il. Tiens, elle ne remue plus. Et d'un geste dégoûté, il saisit la souris qu'il jeta dans la cheminée. Inutile que Justin la voie dans cet état.

Toute la journée, le Dr Guillotin, enfermé dans son cabinet, se livra à la modification du système, comprima le plus qu'il put le ressort, fit fonctionner l'appareil à vide. Il lui sembla que le couperet s'abattait plus rapidement. Cette fois, passons à la suivante, dit-il.

Il s'empara d'une des souris, la plus grosse, la ficela comme la précédente et la plaça dans la position adéquate. Il n'entretenait aucune pitié envers la future victime. Il n'était qu'un inventeur soucieux de mettre au point un appareil d'un usage inestimable. D'un geste assuré, il appuya sur le levier : le ressort se détendit, la lame s'abattit brutalement. La souris frémit, la tête se sépara du corps et tomba devant le couperet, le sang se répandant sur un chiffon placé sous la machine. L'expérience avait réussi. L'animal ne paraissait pas avoir souffert. Il en serait de même pour les condamnés dont la mort serait instantanée. Il ramassa les restes de la souris et les jeta, comme pour la précédente, dans la cheminée, derrière les bûches préparées pour la flambée du soir. Le Dr Guillotin contempla sa machine, passa avec précaution le doigt sur le tranchant de la lame. Il fit fonctionner à vide l'appareil et le bruit métallique du couperet lui procura une impression étrange, une sorte de malaise diffus. Il sonna Justin qui accourut.

— Remporte ces souris, lâche-les dans la rue. Je n'en ai plus besoin.

Le domestique ne répondit pas et considéra son maître avec étonnement, sans trop comprendre à quoi avaient servi les bêtes qu'il avait pris soin de lui apporter et dont deux manquaient. Il se retira, la boîte sous le bras. Le Dr Guillotin s'empara de son appareil et, ouvrant la porte d'un placard, l'y enferma. Il soupa seul, comme à son habitude, servi par Justin. Il dédaigna la truite qu'il lui avait apprêtée. Le domestique remarquant le visage blafard, l'air absent de son maître avança :

— M. le Docteur est souffrant ?

Il eut vis-à-vis de son serviteur un sourire forcé et lui répondit non sans émotion :

— Mais non, un peu de fatigue, rien de plus.

— À propos des souris…

— Ne m'en parle plus, coupa le Dr Guillotin d'un ton sec.

Et il se leva de table, jetant sur Justin un regard irrité. Il gagna son bureau et se livra fort tard à la lecture de quelques pages des *Essais* qu'il se plaisait à rouvrir parfois. Nous aurions bien besoin d'un Montaigne en ces temps de folie, soupira-t-il.

Il resta quelques jours sans sortir, à méditer, comme s'il avait oublié sa machine. Un matin, il ouvrit le placard où elle était enfermée et il la contempla d'un œil soupçonneux. Serait-ce bien une révolution ou une évolution qu'apporterait cette invention ? Il était toujours question de la condamnation à mort et cette pensée commençait à le terrifier. La peine capitale représentait un acte barbare qu'il n'aurait jamais dû cautionner. Quelle idée l'avait poussé à s'intéresser à son maintien ? Pourquoi avait-il gaspillé son temps, usé ses forces à construire cette machine, ce "tranche-chef", ce "coupe-coupe" dont il comprenait la cruauté après cette expérience. Valait-il mieux que le plus épais des bourreaux, le plus infâme des assassins ? Il se rappelait ses souhaits de naguère lorsque, député à l'Assemblée Constituante, il avait demandé un supplice unique pour toutes les catégories de criminels. Cette pensée lui semblait grotesque. Il ne fallait pas qu'il porte à la connaissance de quiconque son invention. Certains ne manqueraient pas de scrupules pour en faire usage. Il subodorait les ravages que pouvait représenter son fonctionnement. Des milliers de morts inutiles, se dit-il. Il ferma à clef le placard, épouvanté par cette perspective.

Le soir, il se rendit chez un de ses confrères qui l'avait invité. Ils parlèrent des derniers événements politiques et il ne souffla mot de ce qui le préoccupait, déclarant simplement :

— J'ai l'impression que nous allons connaître des moments terribles. Le sang coulera, mon cher. La Constituante avec ses beaux parleurs exaltés nous prépare des jours de répression.

Il quitta son hôte peu avant minuit et s'en revint à pied à son domicile. Il eut de la peine à s'endormir. En pleine nuit, il fit un horrible cauchemar. Sur la place de la Révolution, il vit, massée, une foule considérable : des gens du peuple qui attendaient, impassibles. Puis il aperçut, dressée au milieu de la place, sa machine, énorme, installée sur une estrade. Il remarqua la lame d'acier, étincelante. À côté se tenait un homme corpulent, au visage carré : le bourreau. Un long cortège de charrettes tirées par des chevaux déboucha. Entassés, les poignets liés derrière le dos, des hommes, des femmes, blêmes, hués par la populace haineuse. Tout se précipita. Les condamnés, hissés chacun leur tour sur l'estrade, étaient contraints de s'agenouiller, de poser la tête sur le billot. Il distingua le couperet qui s'abattait, la tête qui s'effondrait dans un panier. Et ce fut une succession de condamnés, des têtes qui tombaient à une vitesse vertigineuse, le sang qui giclait de tous côtés, filtrant à travers le plancher de l'estrade. Il entendait les cris de la foule excitée par ce spectacle. Et le sang toujours continuait de se déverser en larges mares. Il se réveilla en hurlant : La Terreur, non jamais ! Il se dressa sur son lit, tremblant, en sueur, épouvanté. Il se rua vers le placard où il avait rangé son appareil, l'en tira et, avec rage, le mit en pièces à l'aide d'un marteau. Il sortit du tiroir de son bureau ses plans et les déchira rageusement en minuscules morceaux. Personne ne devait mettre la main dessus. Il frémit en songeant à l'idée qu'il avait entretenue sur la prétendue utilité de son invention.

— Non, il faut empêcher ce bain de sang. Il ne faut pas que ma machine soit mise en état de fonctionnement. Je n'irai pas la montrer à Capet, il serait capable de la perfectionner, avec sa manie du travail bien fait. Au diable les honneurs. Je n'ai pas envie de contribuer à propager la mort, à répandre le sang, même celui des ennemis, des traîtres, même celui des assassins. Comment ai-je pu me laisser aveugler par tant d'illusions, sous prétexte d'égalité dans la mort ?

Maintenant il était rassuré, nul n'aurait connaissance de son invention. Bientôt on renoncerait à condamner les hommes à mort. Ce sera cela l'héritage des Lumières. Jamais l'Histoire ne cédera à l'horreur, pensa-t-il.

— J'aurais dû appeler ma machine la guillotine, ajouta-t-il en haussant les épaules. Quand je songe aux ravages qu'elle aurait pu causer !

LA FALCONNIÈRE

J'avais décidé ce matin, alors que la chaleur n'était pas encore trop accablante de me rendre à la Falconnière, un site d'où, selon le guide des randonnées de Savoie, la vue était magnifique. Il fallait compter deux heures et demie de marche à peu près, la plupart du temps à travers la forêt. La veille, ma femme et moi étions allés de l'autre côté, à la Roche, d'où j'avais pu jouir d'une belle perspective sur la haute Tarentaise. Il était environ dix heures quand je sortis du chalet. Ma femme n'avait pas voulu m'accompagner. J'avais eu soin de me munir de quelques provisions et d'une bouteille d'eau. J'empruntai la route jusqu'au village du Châtelard que je traversai, puis je poursuivis le long du ruisseau des Moulins. Je marchais régulièrement sachant qu'il fallait que je ménage mes forces pour affronter la montée. Au bout d'un quart d'heure, j'atteignis le village d'alpage du Vaz déjà aperçu la veille et cette fois je bifurquai à droite en direction de la Falconnière. Le large chemin coupait à travers une forêt de conifères ; par endroits, lorsque je bénéficiais d'une trouée, je pouvais apercevoir Le Chatelard, la vallée de Bourg. J'avais résolu de ne pas faire halte avant d'être parvenu au sommet de la Falconnière. J'étais seul à cette heure et je ne songeais qu'à profiter de ce paysage, de cette tranquillité propre à la montagne. Je ne pensais à rien de précis, j'étais simplement occupé à regarder autour de moi les arbres, à les identifier : les mélèzes hauts et souples, les épicéas plus petits et plus sombres, les pins dégarnis, de rares bouleaux assez chétifs. Je grimpais maintenant plus lentement et le chemin s'était changé en sentier. De temps à autre, je dérapais sur des pierres. Peu à peu la vue se dégageait et j'aperçus la chaîne du Mont Pourri dont la lumière rendait plus blanche encore la neige des sommets et les glaciers. La chaleur commençait à peser et je m'arrêtai quelques instants pour boire. Je ne croisais personne et m'en réjouissais. J'entretenais la naïve impression de découvrir des lieux ignorés de tous. Il est vrai qu'aucun témoignage d'un passage quelconque n'était perceptible.

La montée devenait de plus en plus raide et j'avais ralenti le pas. Je faisais des haltes fréquentes pour admirer le paysage et me reposer un peu. Un panneau me signala bientôt que la Falconnière se trouvait à une demi-heure de marche. Alors que j'avais repris la route, à l'intersection d'un sentier secondaire, j'aperçus un homme qui arrivait dans ma direction. Nous ne tarderions pas à nous croiser. Il paraissait assez jeune, la trentaine environ. Ce rouquin était vêtu d'un pantalon long et d'une chemise bleue, il portait un gros sac à dos et s'aidait d'un bâton de marche. Quand il arriva à ma hauteur, il me salua d'un "bonjour" franc auquel je répondis de la même manière. J'étais satisfait de rencontrer cet homme au terme d'une promenade solitaire.

— Vous allez à la Falconnière ? lui demandai-je.

— C'est exact et même plus loin

Je savais que l'on pouvait continuer jusqu'au Miroir, joli village qui dominait la vallée.

— Vous êtes un vrai randonneur.

Il me regarda et tendant vers moi son bâton :

— Un pèlerin plutôt.

Pourquoi m'en étonner ? L'homme avait prononcé ces propos d'une voix ferme.

— Vous suivez sans doute un itinéraire précis.

— Certes, seulement connu de moi. Sachez que je me rends en terre étrangère.

Décidément, ce bonhomme m'intriguait. Il n'avait pourtant rien d'un exalté mais je devinais dans son comportement une sorte de force intérieure qui commençait à m'inquiéter. Nous marchions l'un derrière l'autre étant donné l'étroitesse du sentier et je ne cessais de contempler l'étendue qui s'offrait devant moi et qui me procurait toujours une légère ivresse. Au loin scintillaient les toits des villages environnants. L'inconnu me précédait montant sans effort malgré sa charge.

— Mon itinéraire est soumis à un horaire très strict, prononça-t-il.

— Vous vous êtes sans doute fixé un programme pour atteindre votre but ?

— En effet. Je n'ai guère l'occasion de flâner en cours de route.

Je commençais à m'étonner qu'il ait emprunté un itinéraire aussi difficile. N'y avait-il pas d'autres moyens plus directs d'atteindre la destination finale ?

Nous demeurâmes longtemps ensuite sans dire un mot. Au haut d'une sorte de plateau je m'arrêtai pour contempler la vue : elle était magnifique. Devant moi le mont Pourri et ses neiges, un peu plus bas les sombres forêts de conifères, en bas la vallée de Sainte-Foy et la route nationale qui brillait. Sur la gauche les villages du Miroir et de la Masure, d'autres dont j'ignorais les noms.

— Pouvez-vous m'aider ? fit brusquement l'inconnu.

Cette question saugrenue ne manqua pas de me surprendre.

— Vous aider ? Mais en quoi ?

Il se planta devant moi et me considéra d'un air peu engageant.

— À la propagation de la foi de Saint-Côme, par qui j'ai été désigné. C'est une œuvre personnelle à laquelle je me livre. Tout pèlerin rencontré en cours de route se doit de participer à cette entreprise.

Cette fois, je compris que l'homme, peut-être un malheureux illuminé, n'avait pas toute sa raison. Je ne savais quoi lui répondre. Je ne voulais pas le froisser mais je n'avais pas l'intention de satisfaire à son caprice. Au reste comment l'aurai-je pu ? Je n'avais nul argent sur moi.

— C'est bien volontiers que j'aurais apporté ma contribution mais, voyez-vous, lorsque je pars en randonnée je n'emporte que quelques pièces sur moi.

— Vous êtes tous pareils, fit-il en élevant la voix. Les œuvres spirituelles ne vous intéressent pas. Pourtant vous m'aiderez coûte que coûte.

Je commençais à m'interroger sur les intentions de l'inconnu. Plutôt qu'un pèlerin ne s'agissait-il pas d'un escroc qui travaillait pour son compte ? Je n'étais guère rassuré. Il y avait des années que je hantais ces régions et c'était bien la première fois qu'une rencontre aussi désagréable se produisait. J'aurais aimé voir d'autres promeneurs surgir.

— Accompagnez-moi, fit-il. Vous expierez vos fautes devant la châsse de Saint-Côme dont je garde secret le lieu où elle se trouve.

Je n'étais pas décidé à céder à sa fantaisie. Je prétextai une fin de vacances imminente, un travail incessant.

— Il n'en est pas question, hurla-t-il. Vous viendrez avec moi. Vous serez le pénitent qui va en quête de la salvation.

— Donnons-nous rendez-vous ailleurs, fis-je. Je vous rejoindrai en cours de route. Vous n'êtes sans doute pas prêt d'arriver.

— Vous m'accompagnerez. Je l'ai décidé.

Et de son bâton il frappait le sol avec colère. L'attitude de cet homme vociférant contrastait avec ce paysage si paisible. En quelques instants ma joie avait été saccagée par ces propos déments. Comment me tirer d'affaire ?

— Si vous voulez nous pourrions descendre jusqu'au Châtelard. Chez moi, je vous offrirai quelque obole en l'honneur de votre saint patron.

— Non, c'est trop tard. Vous avez refusé de m'aider. Vous êtes perdu. Votre contrition ne vous épargnera pas le châtiment éternel. Priez, malheureux, voici votre dernière heure arrivée. Je suis l'Ange des Lumières, celui par qui toute justice s'accomplit.

Ses traits se durcirent, il me dévisagea d'un air hagard. Je tentai de m'enfuir mais il se lança à ma poursuite, me rattrapa et m'agrippa par une épaule.

— Ne bougez plus, ordonna-t-il.

Mes jambes tremblaient, mon cœur battait follement. Allais-je périr, victime de cet insensé ? Je tentai de le fléchir.

— Pourquoi sacrifier un innocent, vous charger d'un crime auquel votre foi doit répugner ?

— Refuser, c'est assurer sa perte. Votre disparition vous évitera les pires châtiments.

Je me rendis compte que rien ne saurait le dissuader. C'était un fou des plus dangereux, de ceux qui se croient désignés par Dieu et qui accomplissent leur prétendue mission sans aucune hésitation. Je me remémorai soudain ces quelques jours passés, le bonheur des excursions, cet équilibre que m'accordait le paysage, je revis le visage de ma femme, son corps tiède que je venais de quitter : tout cela était fini, cette existence ne m'appartenait plus. L'inconnu m'avait agrippé le poignet puis d'un geste avait contribué à me déséquilibrer. Lourdement, je chutai et ma tête heurta un rocher ; je gémis sous le choc. Alors il s'agenouilla, je le vis tirer de son sac un poignard. Terrifié, je compris que j'étais perdu. Incapable de crier, je haletais, la sueur dégoulinait sur mes tempes et mon front. Son visage n'exprimait rien que de l'impassibilité. Je le contemplai avec horreur, même s'il semblait s'être radouci. Me ferait-il grâce ? Mais non. Il pointa la lame effilée du poignard vers ma gorge. Cette seconde d'hésitation — en était-ce une ? — fut terrible. J'eus conscience que le temps venait de s'arrêter et que je faisais un pas dans l'éternité. Ce fut mon dernier souvenir, la lame pénétra brutalement dans ma gorge, une souffrance atroce me brûla soudain, le sang jaillit et tout s'effondra alors. L'illuminé venait de me tuer. Était-ce vraiment la fin de cette histoire ou se poursuivit-elle à mon insu, sans que j'y prenne part ? Je suis malheureusement incapable de le dire, vous me le pardonnerez.

UNE BELLE JEUNE FEMME

Pourquoi ne pas avouer que c'était une belle jeune femme ? Qu'est-ce qui pousse à dire que tel être détient la beauté, une certaine beauté ? Sans doute pas parce que certains canons dispensés de nos jours nous influencent. Plutôt parce que l'idée d'esthétique nous est acquise bien avant toute éducation. Cette jeune femme que me présenta L. s'appelait Carine mais peut-être était-ce avec un K que s'écrivait ce prénom. Quel âge avait-elle ? Certainement le même à peu près que L. qui était son amie, trente-trois, trente-cinq ans. Ce que l'on pourrait appeler la pleine beauté, son apogée. Je la contemplai, tentant de m'imprégner d'elle, car je savais que cette rencontre serait éphémère. Elle avait des cheveux très noirs, un type méditerranéen, un visage oblong, fin à la peau mate légèrement maquillée, une bouche délicate aux lèvres faites. Sa voix était douce, ses paroles mesurées. D'une taille moyenne, son corps était svelte, pour ce que j'en devinais. Sous son corsage aux multiples couleurs, sa poitrine menue que j'imaginais ronde et ferme accentuait une sensualité contenue. Vêtue d'un jean bleu, elle portait des chaussures à talons plats qui lui conféraient une allure sportive, ce qu'elle n'était peut-être pas. Je m'assis à côté d'elle à l'occasion de cette réunion où quelques orateurs se succédèrent. J'étais tiraillé entre l'intérêt que je portais aux propos que j'écoutais parfois distraitement et celui que je manifestais pour ma voisine. Elle se montrait peu attentive et s'entretenait souvent avec L. Je m'efforçais de me concentrer mais ne parvenais pas à m'empêcher de me détourner pour la regarder. Lorsque nos regards se croisaient, nous nous souriions. Je prononçais quelques paroles banales auxquelles elle répondait de la même manière, tant il est vrai que, en face d'inconnus, les liens sont difficiles à établir, la communication impossible puisque chacun ignore tout de l'autre et que les paroles se veulent exploratrices de terres vierges, mais cette fonction s'avère souvent vaine.

Survint un moment où je me fermai aux propos d'un des conférenciers pour m'enfouir au cœur d'une existence imaginaire, celle de Carine. Toutes les hypothèses se prêtaient à ce jeu gratuit, puéril mais qui me comblait. Elle aurait pu être écrivain, ce qui aurait justifié sa présence à cette réunion et je me la représentais menant une existence consacrée à l'écriture, pour autant que son assiduité était compatible avec ses fonctions de mère de famille (L. m'avait déclaré que sa fille était la meilleure amie de la sienne). Que pouvait-elle écrire ? Des romans, des poèmes, des essais ? Si j'avais connu son nom j'aurais été à même de la situer dans le courant littéraire actuel, encore que le grand nombre d'écrivains me permettait de méconnaître la plupart d'entre eux. Il me fallait absolument la questionner à ce sujet. Quels étaient ses goûts, ses auteurs favoris ? Toute une personnalité à découvrir, pensais-je. À moins qu'elle ne fût un de ces auteurs rentrés aux manuscrits toujours refusés et qui se contentait d'écrire dans l'ombre, sans prétention. Je lui attribuais dans mes divagations une foule d'existences, d'occupations plus ou moins importantes. Je pressentais que ces divagations tout aussi fausses les unes que les autres contribuaient à justifier mon désir de la connaître. Elle pouvait être aussi professeur dans un établissement de banlieue, enseignant certainement le français et je songeais à ce travail exténuant, aux préparations de cours, aux fastidieuses corrections de copies et aux non moins épuisantes heures en face d'un auditoire vindicatif et hostile. Décidément, cette jeune femme m'intriguait et je savais qu'elle resterait probablement une inconnue pour moi, qu'elle disparaîtrait dès que cette séance aurait pris fin, enfermée dans une énigme insoluble. Pourtant, il ne tenait qu'à moi de satisfaire ma curiosité. J'étais suffisamment maladroit pour l'aborder d'une façon déplaisante avec des paroles trop bien préparées qui resteraient sans effet. Peut-être qu'avec la complicité de L. ma présence serait moins insupportable, mon attitude moins lourde. Plus jeune, je n'aurais pas résisté au plaisir de la courtiser. Auquel cas, lui imaginer une existence sentimentale vouée à la passion, c'était bien la moindre des convenances. Il est vrai que je percevais de plus en plus en elle une sensualité très vive, comme ces effluves qui vous enivrent parfois et allègent le corps le défaisant de ses entraves. Elle avait un mari à qui elle s'offrait et tous deux se noyaient dans le plaisir grâce à des caresses légères et profondes. Elle geignait sous son étreinte quand il pénétrait en elle avec toute la fougue de son désir. Elle avait peut-être un amant car malgré son air sage, ses manières distinguées, elle était à même de s'être éprise d'un autre homme rencontré par hasard, encore que dans ces rencontres le hasard ne soit qu'un prétexte pour expliquer une aspiration personnelle légitime. J'eus honte de cette pensée, comme de la précédente. Avais-je le droit de m'immiscer par le biais de l'imaginaire dans sa vie intime, d'autant que mes hypothèses n'avaient certainement aucun fondement ? Dans ce cas devais-je renoncer à m'avancer sur ces chemins ? J'hésitais à adopter une stratégie qui m'eût permis de ne pas renoncer à elle. De ma part il s'agissait autant d'un jeu que d'une nécessité, un besoin d'accéder à l'autre par le biais de la parole, de vaincre mes appréhensions. Elle m'apparaissait, comme bien des inconnus, insaisissable, ou plutôt je me demandais comment saisir le fil qui m'aurait conduit jusqu'à elle. Je tentai de balayer ces images qui me submergeaient et avaient eu pour conséquence de m'abstraire totalement de ce qui se passait devant moi. Un autre orateur avait pris place et son propos : La critique universitaire au XIXe siècle, me lassa vite. Je contemplai de nouveau Carine qui s'efforçait de prendre quelques notes. Je lui fis un signe de la tête qu'elle pouvait interpréter comme : « bel effort ! » ou « vous vous intéressez à ce sujet ? » Il aurait été plus simple de le lui dire. L. demeurait attentive. J'aurais préféré me trouver à ses côtés, cela m'aurait évité de dévisager Carine avec une telle curiosité ; à distance physique d'elle ma volonté de l'aborder aurait été plus mince. La séance s'achevait, ou plutôt une pause était prévue qui me permettrait de sortir de cette salle, de descendre avec mes voisines dans le jardin. En profiterai-je pour interroger cette belle jeune femme qui me troublait ? Saurai-je prononcer quelques mots qui faciliteraient sa connaissance ? Au reste comment faire en si peu de temps pour obtenir quelques indices satisfaisants ? En ces circonstances, chacun s'efforce de nourrir le silence par quelques propos anecdotiques, par quelques remarques sans pertinence, à moins que l'on ait affaire à quelqu'un au talent marqué et capable d'analyser, d'ouvrir la voie à un débat serré et expéditif. Les applaudissements mirent fin à l'intervention de l'orateur qui abandonna la table en ramassant les feuilles qui avaient servi à son exposé. Nous nous levâmes aussitôt et L., qui était familière des lieux, nous proposa de descendre au jardin pour prendre l'air.

— J'ai bien aimé ce qu'a dit le second intervenant sur les rapports entre mysticisme et littérature, fit L.

— Oui, pourtant cela me paraissait bien trop léger pour une telle question.

La réponse de Carine, d'un ton sec, me déconcerta. J'aurais voulu lui répliquer qu'en si peu de temps, il était difficile de traiter ce sujet avec profondeur. Je me contentai de déclarer qu'il s'agissait de questions d'ordre général. Une fois dans le jardin, je ne pensai plus à ce que j'avais entendu. Au reste ma mémoire n'avait guère retenu que quelques propos, le reste du temps j'avais divagué, occupé à mes errements.

*

Il s'arrêta de taper, se leva de son siège, les yeux fatigués par l'écran de l'ordinateur. Il s'interrogeait sur la suite de ce récit. Il avait l'impression de peiner, de piétiner. Auparavant il avait griffonné un vague canevas qui devait lui servir à écrire cette fiction. Généralement ces quelques notes lui suffisaient à bâtir une nouvelle. Cette fois il était persuadé que ce qu'il venait d'écrire n'offrait aucun intérêt. Bien sûr il avait tenté de résister à une fiction autobiographique, mais la rencontre de Corine l'avait tellement remué qu'il s'était dit qu'en faisant d'elle le personnage principal d'un récit ou d'une nouvelle — il ne savait pas encore — il s'expliquerait un peu mieux ce qui était survenu ce jour-là. Certes il ne s'agissait pas de relater à la lettre cette rencontre, ses conséquences, ses suites, mais de mettre en scène un fragment de cette histoire, de la mêler à la fiction pour retenir auprès de lui Corine, lui attribuer une autre existence, l'engager dans une aventure grâce à laquelle il ne la perdrait pas. Et voilà que l'histoire tournait court et que le souffle lui manquait. Pourquoi avait-il situé cette rencontre à l'occasion de conférences dans un lieu dont il ignorait tout ? Il réfléchissait à cette sorte de maquillage de la vérité quand la porte s'ouvrit et qu'un homme entra : le premier client de la matinée. Comme il n'était guère accablé par les visites, il s'était aménagé au fond de la librairie une sorte de bureau où il pouvait travailler assez tranquillement. L'homme regardait la section littérature espagnole et latino-américaine, déplaçant quelques livres qu'il feuilletait rapidement et s'empressait de remettre à leur place. Il n'achètera rien, songea-t-il, et d'avoir été dérangé dans ses réflexions ne l'incita pas à questionner cet homme d'allure jeune mais habillé avec négligence, mal rasé. Après avoir fouillé plus encore, il se dirigea vers lui et demanda :

— Je cherche le livre de Carlos Fuentes : *L'Oranger.* Je ne le vois pas.

Il s'approcha du visiteur et répondit qu'en effet il n'avait plus cet ouvrage mais qu'il pouvait le commander.

— Je veux bien. Dans combien de temps l'aurez-vous ?

— Sous quarante-huit heures. C'est à quel nom ?

— Arcos. Je repasserai jeudi.

— Parfait, fit-il.

Il ne lui avait pas demandé d'arrhes, ce qu'il regretta. Cet homme qui s'intéressait à Fuentes lui sembla sympathique. Lui aussi était un lecteur de l'écrivain mexicain et il se rappelait combien il avait été fasciné par cette courte nouvelle intitulée *Aura* qui posait tout le problème de l'existence réelle des êtres et de celle créée par notre imagination. Fallait-il voir là une sorte de rapprochement avec ce qu'il était en train d'écrire, sur les difficultés qu'il éprouvait à imposer son personnage dans une réalité, celle de la fiction ? Non, évidemment, il n'y avait aucun rapport entre ce chef-d'œuvre et le pauvre récit qu'il construisait à grand-peine. Qu'allait-il faire de Carine, du narrateur ? Bien entendu, ils finiraient par coucher ensemble. Ce n'était pas original. Écrire des pages et des pages pour en arriver là, quelle misère, pensa-t-il. Il faudrait que d'autres liens se nouent, une passion très forte ou un événement inattendu qui ferait capoter leur histoire d'une façon dramatique. Il devrait peut-être avoir recours à l'intrusion du fantastique dans cette fiction qui, au premier abord, n'offrait qu'une structure banale. Il n'osait s'avouer que ses sentiments envers Corine étaient proches de ceux qu'il attribuait à son héros. À ce moment, il aurait été piquant qu'il appelle Corine pour lui demander comment elle envisageait la suite de cette aventure, ce qui lui aurait facilité la tâche et l'aurait renseigné sur son propre destin. Elle lui aurait peut-être répondu qu'elle n'en avait aucune idée mais il ne le savait pas. Il jugea d'ailleurs stupide cette éventualité. Il arpenta un moment la librairie, replaçant de temps à autre un livre qu'un client avait dérangé. Il n'avait aucune envie de continuer à travailler, il se disait qu'il ne parviendrait jamais à terminer cette nouvelle. Il pensa à Corine, se demanda s'il la reverrait. Il lui semblait que la suite de son histoire dépendait de celle de son aventure avec cette jeune femme, tant les deux personnages étaient solidaires, tant la fiction côtoyait la réalité. Mais laquelle gouvernait véritablement l'autre ? Laquelle l'emporterait ? Il n'avait établi aucune stratégie, il comptait sur l'inattendu. C'était précisément cette incertitude qui l'empêchait de continuer à écrire. Il comprenait qu'en ce moment son imagination était nulle ou plutôt qu'elle était étouffée par la pensée de Corine. Sur une feuille de papier il écrivit : « Cette aventure qui a à peine débuté n'en est qu'une pour moi. Pour elle je ne suis qu'un personnage qui passe et auquel elle ne songe plus. » Puis il se replaça en face de son ordinateur et consulta ses notes.

*

Pourtant il ne fallait pas que j'abandonne, le visage de Carine d'une étrange douceur me rappelait à une réalité faussée par mes sentiments, mon imagination. Nous fîmes quelques pas dans le jardin que d'autres assistants avaient envahi.

— Je crois que la deuxième partie est moins intéressante, fit L.

— Je n'ai pas le programme, répondis-je. Et vous ?

Carine me dévisagea en souriant.

— Vous êtes bien impatient. Attendez. Vous ne serez pas déçu.

Ces paroles m'intriguèrent.

— En voilà un mystère. Vous feriez mieux de répondre à la question.

— Il n'y a rien de mystérieux. Vous en jugerez par vous-même : Temps et mythe dans l'œuvre de Marguerite Yourcenar.

J'avais l'impression que Carine s'était moquée de moi. Était-ce dû à mon trouble qu'elle avait décelé, à mes paroles maladroites ? Ou voulait-elle simplement s'amuser ? L. ne répliqua pas, se contentant de sourire. Je me demandais plutôt quel serait mon comportement en sortant de cette séance. Tenterai-je d'en savoir plus sur Carine ? Était-il préférable que j'en reste là et que je cherche à la revoir un peu plus tard grâce à L. qui n'hésiterait pas à me communiquer son numéro de téléphone ? Je doutais que Carine fût aussi préoccupée que moi de ces questions. Elle n'avait certainement aucune envie de me rencontrer. Pour elle je n'étais qu'une silhouette qu'elle oublierait après m'avoir quitté. Pourquoi s'efforcer de la sorte, pensais-je, alors que rien n'est partagé ? Étais-je aveugle au point de ne pas me rendre compte que je construisais une fiction fondée sur le vide ? J'accordais beaucoup trop d'importance à cette belle jeune femme comme si mon existence eût soudain dépendu de sa présence. Mieux valait s'enraciner de nouveau dans la réalité, écouter plus attentivement les discours des conférenciers plutôt que de prêter attention à Carine, à son visage, à son regard. J'étais résolu à changer de place et à m'installer aux côtés de L. dont l'amitié m'était acquise sans ambiguïté.

— Remontons, fis-je. La récréation est finie.

Le jardin s'était vidé de ses provisoires occupants et nous étions parmi les derniers à regagner la salle. Nous n'eûmes aucune peine à retrouver nos places et je fis en sorte de laisser passer les deux amies afin de m'asseoir à côté de L. Certes le premier intervenant de cette seconde partie ne manquait ni de talent ni de matière. Il savait insérer réflexion et anecdotes mais le trouble qui m'aiguillonnait ne me permettait pas de manifester autant d'attention que je le souhaitais. De temps à autre, mon regard glissait du côté de Carine dont je ressentais à distance le pouvoir de séduction peut-être involontaire. Pour résister à cette fascination, je m'efforçais de prendre quelques notes, de fixer mon esprit sur le contenu des propos du conférencier, ceci à grand-peine. Nous dûmes encore subir deux autres interventions dont celle sur Marguerite Yourcenar. L'orateur qui parlait d'une voix monocorde, comme saisi d'un soudain ennui, finit par me lasser et je crus remarquer que je n'étais pas le seul à éprouver de la désaffection à l'égard d'un discours aux allures labyrinthiques. Je rangeai mon stylo et ma feuille de papier, impatient de quitter la salle, de me retrouver à l'air libre. Je finissais par en oublier mes deux voisines. Enfin le conférencier mit un terme à ses élucubrations et les applaudissements polis qui le saluèrent nous convièrent à sortir.

Après avoir descendu le grand escalier, nous nous trouvâmes dans l'allée conduisant jusqu'au portail qui donnait dans la rue. Je proposai à mes deux compagnes d'aller boire un verre dans un café tout proche.

— Je suis assez pressée, déclara Carine. Il faut que je rentre chez moi. Ce soir nous avons des amis à dîner.

Je la rassurai et L. se moqua d'elle en lui disant qu'elle avait toujours hâte de partir. Nous entrâmes dans un café où quelques consommateurs avaient déjà pris place. En fait, nous n'évoquâmes guère la séance à laquelle nous avions assisté. J'observais surtout Carine dont les paroles mesurées traduisaient une sorte de réticence à se livrer, sans doute étais-je la raison de cette discrétion volontaire. Il est vrai que ces lieux ne favorisaient pas la confidence. J'appris qu'elle était avocate dans un cabinet parisien et les suppositions que j'avais émises étaient fausses. Je remarquais qu'elle parlait distraitement, que son regard était fixé sur une pendule accrochée au mur. On aurait dit qu'elle éprouvait une envie irrépressible de s'en aller, comme si une affaire d'importance l'attendait ailleurs. S'agissait-il de ses invités qui la préoccupaient à ce point ? Ou avait-elle des soucis personnels ? Tout au contraire L. ne cessait de plaisanter, d'analyser avec humour le contenu de certains des discours que nous avions entendus.

— Je vais être obligée de vous quitter, avança brusquement Carine.

— Tu nous ennuies avec tes contraintes. Jacques est bien capable de préparer le dîner. Reste donc encore un peu. Je ne te vois pas si souvent et notre ami, que va-t-il penser de toi ? Il va croire que tu nous fuis, dit L. en me regardant.

Je ne pus qu'approuver L. et ajoutai :

— Nous repartirons ensemble tous les trois. Je suppose que vous n'habitez pas très loin l'une de l'autre.

— Non pas très loin en effet.

J'eus l'impression qu'elle allait me donner son adresse mais elle s'arrêta net.

*

L'adresse de Corine, il avait réussi à la connaître par l'intermédiaire de Béatrice. Il avait prétexté le besoin d'envoyer une invitation à quelques proches pour un spectacle théâtral organisé par l'un de ses amis et il avait pensé que Corine serait intéressée.

— Je doute qu'elle se dérange. Elle sort rarement et j'ai toutes les peines du monde à la décider à venir me voir, avait répondu Béatrice.

Il avait néanmoins envoyé un carton auquel il avait joint une brève lettre pour l'inciter à venir. À sa surprise, il avait reçu un appel téléphonique de Corine. Elle le remerciait d'avoir songé à elle et regrettait de ne pouvoir répondre à son invitation : elle était prise ce soir-là.

— Nous pourrons peut-être nous revoir un autre jour, avait-il déclaré, trop heureux de ce coup de téléphone.

— Volontiers. J'en serais ravie. Appelez-moi à mon travail entre midi et deux heures, si vous en avez la possibilité.

Et elle lui communiqua son numéro de téléphone

Leur conversation s'acheva bientôt et, depuis, il se maîtrisait pour ne pas l'appeler. Bien sûr il devait respecter un certain temps, quelques jours avant de la contacter. Il ne cessait de songer à elle et il lui semblait que la suite de son texte dépendait de celle de son aventure personnelle avec Corine. L'avait-elle appelé par politesse ou au contraire avait-elle vraiment le désir de le revoir mais pour quelle raison ? Elle était si énigmatique qu'il ne parvenait pas à comprendre son attitude. Il imaginait peut-être à tort qu'elle éprouvait envers lui une certaine curiosité parce que lui non plus ne s'était pas tellement dévoilé lors de leur première rencontre. Était-ce parce qu'elle désirait échapper à son univers quotidien, ou pour quelque raison secrète qu'il ne devinait pas ? Et s'il l'appelait tout de suite ? Ce serait à la fois pour lui fixer un rendez-vous et pour continuer son récit. Quelle drôle d'aventure, pensa-t-il. Je me sers d'elle parce que je suis incapable d'écrire la suite de cette histoire. Au fond, est-ce que j'ai vraiment envie de la voir ? Ce n'est qu'une bourgeoise qui se fiche de moi ou s'efforce de m'attirer dans ses filets pour mieux me jeter à l'eau.

Quelques jours plus tard, alors qu'il n'avait rien écrit et que l'urgence de contacter Corine le torturait, il consulta son carnet et à la lettre D, il lut : Corine Desangle : bureau : 01 43 46 12 50. Il composa le numéro, profitant que nul client ne se décidait à entrer. Une standardiste lui répondit. Il demanda à parler à Madame Desangle.

— Elle est en ligne, lui déclara la voix. Vous patientez ?

— Oui, bien sûr.

Et une musique nasillarde heurta ses tympans. Il avait horreur de ces airs fades que l'on croyait désormais bon d'infliger aux correspondants sous prétexte de calmer leur impatience.

Au bout de quelques minutes, il crut reconnaître la voix de Corine.

— Madame Desangle, fit-il radouci.

— Elle-même.

Il fut rassuré, bien qu'embarrassé pour formuler une réponse convenable. Il se nomma et la voix de Corine lui sembla plus vive.

— C'est une bonne surprise, fit-elle. Je ne m'attendais pas à vous entendre si tôt.

— Ah bon. J'aurais peut-être dû attendre, plaisanta-t-il.

— Non pas du tout. Je me demandais ce que vous deveniez.

S'intéressait-elle vraiment à lui ou était-ce de la politesse ? Cette entrée en matière conventionnelle le dérouta.

— Je voulais prendre de vos nouvelles. Comme nous n'avions pas pu nous voir à l'occasion du spectacle auquel je vous avais invité, je me suis permis de vous téléphoner.

— Vous avez bien fait. Je suis débordée en ce moment. Je vous proposerais bien de venir dîner un soir à la maison, si vous êtes libre.

Cette réponse le déconcerta. Pourquoi se rendrait-il chez elle qui serait en compagnie de son mari, de sa fille ? Il avait envie de la voir, seule. Pourquoi ne pas le lui avouer ? Évidemment, ses intentions ne lui laisseraient aucun doute. Si elle se montrait offusquée, après tout, il ne lui en tiendrait pas rigueur et mettrait fin à la conversation. Il se débrouillerait bien pour terminer sa nouvelle.

— Je crains de vous déranger. Nous pourrions peut-être nous rencontrer après votre travail, ou même vous pourriez passer à la librairie. Je ferme boutique assez tard.

— Oui, c'est une bonne idée. Je ne prends jamais le temps de flâner dans les librairies.

Ils convinrent d'un rendez-vous pour le mardi suivant vers dix-huit heures trente. Il lui indiqua le trajet le plus aisé pour gagner sa boutique. Après quelques paroles insignifiantes, ne sachant plus que dire, il prétexta l'arrivée d'un client pour raccrocher.

Je tiens la suite et peut-être la fin de mon histoire, à moins que ce ne soit le commencement d'autre chose, se dit-il. Il relut ce qu'il avait écrit non sans éprouver un certain malaise. Il avait l'impression de se servir d'elle pour satisfaire son imagination, alors qu'il était incapable de s'en remettre à la fiction. Il avait besoin d'une dose de réalité qu'il s'apprêtait à transformer sans trop de vergogne. L'histoire prenait corps grâce à Corine, héroïne involontaire. « Allons-y. Poursuivons. »

*

— Je serais heureux de vous revoir une autre fois quand vous serez moins pressée.

— Je n'ai guère de liberté, en effet. Mais téléphonez-moi donc au cabinet.

Elle ouvrit son sac et me tendit une carte de visite professionnelle que je fourrai dans la poche de ma veste.

— C'est promis et ce sera un grand plaisir pour moi.

J'eus alors l'idée de lui communiquer l'adresse de ma librairie. J'avais toujours sur moi des cartes de visite et je lui en offris une.

— Si vous avez du temps à perdre, passez me voir. Vous recevrez le meilleur accueil possible, fis-je en plaisantant. Et ma librairie est bien fournie. Vous aurez l'embarras du choix.

— Pourquoi pas. Je suis une grande lectrice, surtout de romans italiens. Mais nous aurons l'occasion d'en reparler. Cette fois, il faut que je vous quitte. Je t'appellerai, dit-elle à l'attention de L.

Elle se leva, me serra la main, embrassa L. et sortit.

L. me regarda curieusement, son sourire m'amusa.

— J'ai l'impression que Carine ne t'est pas indifférente. Et réciproquement. D'habitude, elle ne fait guère attention aux gens. Ça doit être ta profession qui l'intéresse. Enfin, je ne veux pas te réduire à la fonction de libraire, fit-elle, comme pour se rattraper.

— C'est vrai qu'elle est tout à fait charmante.

— Méfie-toi quand même de son charme. Elle n'est pas toujours facile à supporter.

Je savais que je n'en tirerai pas davantage et au reste je préférais ne rien savoir de plus sur Carine. Si j'avais l'occasion de la revoir, je découvrirais par moi-même son caractère. Après tout, je m'étais peut-être laissé aller à une faiblesse regrettable. J'étais accoutumé à ces fugaces accès d'enthousiasme. La réalité se chargeait de mettre un terme à ces excès bien puérils.

Je revins en compagnie de L. Nous empruntâmes le métro, je la quittai à la station Denfert-Rochereau et je rentrai chez moi.

Je voulais résister à la tentation d'appeler Carine. J'attendrais qu'elle se manifeste. Si elle avait envie de me revoir, elle trouverait bien le temps de me téléphoner.

*

De nouveau il s'arrêta. Les propos de Corine, son désir de venir lui rendre visite, tout cela le surprenait. Pourquoi avait-elle accepté son invitation alors qu'elle semblait ménager son temps ? L'avait-il troublée à ce point ? Il sourit de cette prétention. Peut-être s'ennuyait-elle chez elle ou était-elle véritablement intéressée par sa librairie. À quoi bon supposer ! Il importait plutôt d'en finir avec cette nouvelle. Un client entra qu'il observa avec curiosité. L'homme allait d'un rayonnage à un autre, semblait hésiter sur le choix d'un livre. Il consultait tour à tour les ouvrages exposés sur une table, les feuilletait, les reposait. Il s'empara de l'un deux et s'avança jusqu'à la caisse. Il avait choisi un roman de Le Clézio : *Poisson d'or*. C'était un petit bonhomme d'une cinquantaine d'années, vêtu d'une gabardine beige. Il lui tendit un billet de deux cents francs et d'une voix douce, à peine audible, déclara :

— C'est bien le seul romancier que nous ayons.

— Je suis de votre avis et vous verrez, ce roman est tout à fait admirable. Il rappelle *Désert.*

— J'en ai entendu parler et j'ai lu de très bonnes critiques.

Ils échangèrent encore quelques propos puis l'homme sortit. Décidément, la clientèle était rare en ce début de semaine. Heureusement qu'il avait la liberté d'écrire. Il avait l'impression qu'il piétinait. Il ne savait plus très bien ce qui importait : la visite de Corine, la suite de sa nouvelle qui dépendait de sa propre histoire. La situation ne manquait pas de confusion et il oscillait entre deux réalités qu'il distinguait à peine l'une de l'autre. Il comptait quand même terminer son récit avant la visite de Corine et cela marquerait la victoire de l'imagination, comme si la fiction permettait d'influencer les événements à venir.

*

Je n'avais pas oublié Carine et je me refusais toujours à l'appeler. Un travail incessant — c'était la période de l'inventaire — atténua mon impatience. J'en venais à me persuader que sa présence m'importait peu. Pourtant lorsqu'un matin le téléphone retentit et qu'elle se nomma — je n'avais pas reconnu le timbre de sa voix — des images, des souvenirs surgirent et je tentai de maîtriser ma surprise.

— Je ne m'attendais pas à ce coup de téléphone. Je croyais que vous aviez égaré mon numéro, fis-je.

— Je ne suis pas désordonnée, comme vous pourriez le supposer. Non, j'ai eu pas mal d'occupations, de travail aussi. Je voulais simplement avoir de vos nouvelles.

— Je suis sensible à cet appel. Vous m'aviez promis de venir visiter ma libraire. La porte est toujours ouverte.

Un temps de silence, puis elle déclara :

— Je passerai un soir, je ne peux pas vous dire quand. Ce ne sera pas avant dix-neuf heures.

— Peu importe. Nous aurons le temps de bavarder.

Je fus sur le point de lui dire que nous pourrions

dîner ensemble mais je craignis d'aller un peu trop vite en besogne. Je ne devais pas négliger qu'elle avait une vie de famille et ma proposition lui aurait sans doute paru cavalière.

— Parfait, je prends note de votre visite surprise. Vous serez la bienvenue.

La conversation s'acheva peu après quelques paroles insignifiantes. Au fond, j'avais eu raison de ne pas me précipiter à sa rencontre. Elle avait pris l'initiative de m'appeler et je me réjouissais de ce minuscule succès. Je me demandais si ce qui m'attachait à elle c'était cette espèce de charme qu'elle avait exercé sur moi ou le désir de la conquérir, de remporter une victoire alors que les sentiments éprouvés se sont dissipés et qu'il ne subsiste plus qu'un orgueil tout à fait blâmable. « Laissons le temps agir », pensais-je et cette banalité me consola…

Elle apparut deux jours plus tard. Je n'espérais pas une visite aussi prompte. Je reconnus son visage mat, ses traits fins. Elle portait un tailleur clair, de coupe élégante. L'émotion me submergea et je jugeai stupide pareille sensibilité.

— J'ai tenu promesse, déclara-t-elle. Vous avez une très belle librairie. Vous avez de la chance de travailler dans le calme.

J'eus l'impression qu'elle avait préparé ces phrases, comme si elle était arrivée sans trop savoir pourquoi elle avait cédé à ce caprice.

Nous commençâmes à parler de tout et de rien. De son travail qui l'absorbait énormément, de ses collègues, de son manque de loisirs; elle se plaignit de ne plus avoir la possibilité de lire à son aise.

— Je vais même rarement au cinéma, tellement je suis lasse en fin de semaine. Il faut que je me consacre à ma fille.

— C'est le sort de bien des femmes actives, fis-je piteusement

— Croyez que je m'en dispenserais volontiers.

Enfin je ne suis pas venu vous voir pour vous ennuyer avec mes récriminations. Parlez-moi de vous.

Je n'avais guère l'intention de me livrer à des confidences, je préférais lui montrer quelques livres qui pourraient l'intéresser. Nous nous dirigeâmes vers le rayon littérature italienne et je lui recommandai deux romans, l'un de Leonardo Sciascia : *A chacun son dû* et un autre, plus récent, de Ferdinando Camon : *La terre est à tous* qu'elle n'avait pas lus. Comme prévu elle suivit mon conseil et j'en profitai pour les lui offrir, malgré ses protestations. J'étais incertain de ce qui allait désormais se dérouler. Fallait-il que j'en reste là, que la conversation se poursuive comme un ronronnement paisible, que nous parlions de banalités peu compromettantes ou devais-je prendre quelque initiative, du genre : « Quand vous aurez un peu plus de temps, nous pourrons peut-être déjeuner ou dîner ensemble. » Sans doute cette proposition risquait d'être mal reçue, un peu trop directe et sans équivoque. Je me connaissais doué d'une parfaite maladresse dans l'art de parler et d'argumenter. Après tout que risquais-je? Un refus? Ce n'était pas bien grave. J'avais l'impression que cette rencontre se déroulait sous forme d'un jeu dont j'ignorais les règles. Je m'efforçai de ne pas faiblir et après quelques esquives je l'invitai à déjeuner (c'était moins compromettant) un jour prochain. Elle me regarda fixement, sans doute était-elle surprise par cette proposition.

— Vous êtes très aimable. D'ordinaire je ne déjeune pas ou si peu, mais pour une fois je me laisserai tenter. Laissez-moi consulter mon emploi du temps.

Elle ouvrit son sac et en tira un petit agenda qu'elle feuilleta. Je fis semblant de ne pas attacher d'importance à son geste et je consultai quelques papiers posés sur le comptoir.

— Voulez-vous jeudi prochain vers douze heures trente? Pour bien faire, il faudrait que nous nous donnions rendez-vous un peu plus près, au métro Saint-Germain-des-Prés. Je m'excuse de vous imposer ce trajet mais vraiment mon temps est limité.

— Je peux fermer mon magasin un peu plus tôt et je me rendrai au métro, ce n'est pas loin.

La perspective de ce rendez-vous me réconciliait avec une maladresse notoire. Mais cette acceptation m'intriguait : pourquoi Carine, femme si occupée, désirait-elle me revoir, alors qu'elle ne me connaissait à peine et que, d'après les propos de L., elle était assez solitaire, souvent brusque dans son comportement ? Est-ce que je l'intriguais à ce point ? Ou était-ce pour s'extraire d'une existence conformiste, pour parler de littérature ? À quoi bon supposer pensais-je. Quand elle me quitta au bout d'une heure, j'en étais à échafauder des hypothèses et à compter sur l'imprévu, au reste quelque peu calculé. Je fermai la librairie et revins chez moi à pied.

*

Il attendit le mardi, jour de la visite promise par Corine. La journée avait été bousculée, il avait dû recevoir la visite de représentants, faire son choix en écoutant leurs propos et quelques clients avaient surgi, certains pour feuilleter les livres récemment publiés ou procéder à de maigres achats, d'autres, plus familiers pour s'entretenir avec lui. Ces rencontres ne lui déplaisaient pas et rompaient avec une certaine solitude à laquelle pourtant il était habitué, de sorte que vers dix-huit heures, il était encore à bavarder avec un jeune homme qui lui rendait souvent visite et qu'il poussa peu après vers la sortie. Il entendait ne pas être troublé par l'arrivée de Corine. Il se demandait comment se passerait cette rencontre. Mieux valait miser sur l'imprévu. Au fond tenait-il vraiment à elle ? Il se posait depuis longtemps la question et Corine se confondait avec une sorte de désir mal défini dans lequel entraient à la fois la sensualité et l'indifférence, la curiosité et la manipulation consciente d'un être qui était tout autant un personnage de fiction. Afin de calmer son impatience — il n'aimait pas attendre — il entreprit de remettre un peu d'ordre dans son présentoir, ôtant un livre, en mettant un autre à la place. Il consulta sa montre : dix-huit heures trente-cinq. Elle n'était pas encore trop en retard. Elle n'avait pas un horaire de fonctionnaire et il fallait lui accorder un délai supplémentaire. Il vit soudain une silhouette apparaître devant la porte. Une jeune femme blonde entra. Ce n'était pas elle. Sa déception fut immense. Que venait faire cette cliente inconnue ! Il n'entendait pas la voir fouiller partout et s'incruster trop longtemps. Corine ne tarderait plus maintenant. Il observait l'intruse qui prenait tout son temps pour aller d'un rayon à l'autre. Les bras croisés, il ne la quittait pas des yeux. Enfin, il la vit s'emparer d'un livre de poche et se diriger vers lui. Elle était svelte, assez élégante, jeune encore.

— Figurez-vous que j'ai perdu *Les Liaisons dangereuses* et ce livre m'est nécessaire. Je suis bien contente de l'avoir trouvé.

Il glissa le livre dans un sachet en plastique, le lui remit, encaissa le montant et la jeune femme sortit en le saluant. Ce sera sans doute la dernière cliente de la journée, songea-t-il. Il consulta sa montre : il était plus de dix-huit heures quarante-cinq. L'impatience s'allia avec l'inquiétude : et si, au dernier moment, elle avait renoncé ? À moins qu'elle n'ait eu un travail urgent à terminer. Il fut sur le point de l'appeler à son bureau mais résista à cette tentation. Il ne s'était pas pourtant trompé de date et elle ne pouvait avoir oublié. Pourquoi ne l'avait-elle pas prévenu ? Toutes les hypothèses qu'il envisageait étaient, selon lui, fort plausibles mais laquelle était exacte ? N'en était-il pas une autre qu'il ignorait ? Son attention était détournée par cette angoisse qui le serrait à la gorge et le disputait à la colère. Une heure plus tard, il décida de fermer boutique et de rentrer chez lui. D'avance sa soirée était gâchée et il ne parvenait toujours pas à comprendre pourquoi

Corine n'était pas venue. Il s'efforça de regarder la télévision, mais à tout instant l'imagination l'emportait et les images qu'il percevait glissaient sur lui, légères, les paroles s'effaçaient aussitôt de sa mémoire. Il résolut de se coucher et avala un tranquillisant. Il s'éveilla de très bonne heure avec un mal de tête sournois, la langue sèche. Il prit son petit déjeuner sans appétit et traîna dans l'appartement jusqu'à neuf heures. Après quoi il partit et se dirigea vers sa librairie qu'il ouvrait d'ordinaire à neuf heures et demie. À dix heures, il consulta son répertoire et appela Corine. La standardiste le pria de ne pas quitter. Au bout de quelques minutes, il reconnut sa voix.

— Je ne m'excuse pas de vous déranger, fit-il d'un ton peu aimable. Je vous ai attendue hier. Nous devions nous voir, paraît-il. Je suppose que vous n'avez pas pu venir. J'espérais un message de vous.

— Je suis confuse, fit-elle, au dernier moment, je n'ai pas pu me libérer d'une obligation inattendue. Je voulais vous téléphoner ce matin mais vous m'avez devancée.

Ces paroles dissimulaient sans doute la vérité. Elle avait renoncé à le voir pour des raisons qu'il méconnaissait et cette obligation de dernières minutes n'était qu'un prétexte poli.

— Je comprends que vous ayez eu mieux à faire, pourtant le plus commode était de m'appeler. Je n'aurais pas perdu ma soirée à vous attendre.

— Je suis désolée, je pensais vraiment me libérer. Je m'en suis voulu de ce rendez-vous manqué. Peut-être pourrions-nous nous rencontrer un autre jour.

Comme sa colère croissait en entendant ces paroles, il crut bon d'en finir avec cette conversation.

— Écoutez, pour le moment, moi aussi je suis assez occupé. Rappelez-moi un autre jour si vous en avez envie et si votre emploi du temps vous permet de me consacrer quelques minutes, faites-le moi savoir.

— Vous ne me croyez pas. Je m'en doutais. Que

voulez-vous je n'ai pas autant de liberté que vous.

Cette voix acide l'agaçait. Il se montra désagréable et y trouva un certain plaisir.

— Oui, je comprends, je ne suis qu'un oisif qui trompe le temps comme il peut, avec des livres, avec des gens. Vous n'avez qu'à me téléphoner quand vous le pourrez ou quand vous le voudrez. D'ici là…

Il prit congé d'elle et sans attendre de réponse raccrocha, soulagé, comme si cet acte de bravoure et de mauvaise foi lui avait été salutaire.

« Continuons cette histoire, se dit-il. Tant mieux si la fiction est plus reluisante que la réalité. »

Au lieu de mettre en marche son ordinateur, il s'empara de feuilles de papier et, comme pour maîtriser son impatience, se décida à écrire avec un stylo, comme il le faisait encore naguère.

*

Il ne me restait plus qu'à attendre le jour de ma rencontre avec Carine. Nous aurions peu de temps, celui d'un déjeuner, mais la simple perspective de la revoir me réjouissait. Il me semblait qu'à mon désir initial fondé sur la sensualité avait fait place une sorte de curiosité à son égard. J'avais envie de la connaître davantage. Qui était-elle ? Quelles étaient ses occupations ? À quoi s'intéressait-elle ? J'apprendrai certainement plus tard les raisons qui la poussaient à vouloir me revoir. Tout occupé à ma librairie, mon impatience s'émoussa et le jour de mon rendez-vous avec Carine, je fermai boutique à midi, empruntai la rue de Vaugirard, puis la rue Bonaparte et arrivai au métro Saint-Germain-des-Prés. J'avais dix minutes d'avance et, appuyé à la rambarde, je m'efforçais de la reconnaître parmi toutes les silhouettes qui montaient les marches de l'escalier. Enfin je l'aperçus. Elle portait un manteau bleu, vague. Je reconnus son visage fin, sa coiffure stricte. Je me précipitai à sa rencontre et lui serrai la main. Le trouble m'avait repris. Décidément, je ne l'avais pas oubliée.

— J'avais peur de vous faire attendre. Heureusement j'ai pu partir à l'heure.

— J'ai la détestable manie d'arriver toujours en avance.

— Moi, ce serait plutôt le contraire.

Je lui proposai de déjeuner dans un restaurant que je connaissais, rue Jacob. Marchant à ses côtés, j'étais de nouveau sous le charme de sa présence. Elle m'avoua que depuis notre rencontre, elle n'avait plus eu l'occasion de sortir, occupée qu'elle était par des travaux de tous ordres.

— Je me suis accordée la permission de déjeuner avec vous et de prendre mon temps, quitte à rester plus tard ce soir au cabinet.

— Je vais me sentir coupable de prolonger votre journée.

— Inutile. Je suis assez grande pour choisir.

Nous installâmes à une table située au milieu de la salle, à cette heure presque pleine. Malgré le brouhaha, les conversations, je demeurais attentif aux propos de Carine qui paraissait hésiter à parler, comme si elle éprouvait une sorte de malaise. J'avais l'impression qu'elle avait envie de se confier mais qu'elle résistait, mue par une sorte de réticence, de pudeur. Nous évoquâmes quelques livres qu'elle avait lus et aimés. Soudain elle avança :

— À quoi occupez-vous vos loisirs ?

— Je lis, je peins aussi en amateur. J'ai quelques bons amis avec qui je sors assez souvent. Et vous ?

— J'ai peu de loisirs. Mon existence n'est pas originale, plutôt grisâtre. Je n'avais pas tellement envie d'être avocate. J'aurais préféré être musicienne. J'ai préparé le Conservatoire mais mes parents n'ont pas voulu que je continue. Ils me disaient qu'une pianiste n'a pas d'avenir. Bien sûr, je n'étais pas un génie pourtant j'avais un certain talent d'après mes professeurs.

J'aurais pu faire une carrière honorable. En tout cas prendre plus de plaisir en jouant qu'en travaillant dans un cabinet d'avocats. Parfois, j'ai envie de tout plaquer, de faire autre chose. C'est ridicule, n'est-ce pas?

— Non, pas du tout. Je crois qu'il ne faut jamais renoncer à sa vocation, à ses pulsions initiales.

— À ses désirs.

— Oui. À ses désirs.

Elle eut un regard assez triste et son sourire parut plus forcé que spontané.

— Je n'aurais jamais dû céder à la volonté de mes parents. Ou du moins, mes études terminées, j'aurai pu reprendre mes cours, passer le concours. Mais j'étais trop obéissante. Je me suis laissé engluer par la routine. Maintenant c'est trop tard. Je n'ai plus qu'à poursuivre la route.

Elle me parla de L., sa meilleure amie dont elle enviait l'existence plus libre. Elle ne m'apprenait rien sur L. qui n'avait jamais sacrifié au devoir.

— Souvent elle me reproche de me contenter de ce que j'ai, de me laisser aller à des habitudes dont je ne me rends même plus compte.

— Vous devriez en effet changer de peau. Reprendre des cours de piano, jouer pour des amis.

Mes propos ne la convainquirent pas.

— Vous n'êtes pas le seul à me tenir ce discours. Non, c'est trop tard. Il y a plus de quinze ans que j'ai arrêté de jouer. C'est fini pour moi. Je ne supporte pas la médiocrité, pas davantage de revenir en arrière.

— Je suis sûr que chez vous, vous ne vous accordez pas beaucoup de loisirs.

— C'est vrai. Comment faire autrement?

Elle n'en dirait pas plus, je le devinais. Elle paraissait vouloir gommer tout ce qui se rapportait à sa vie familiale Elle ne fit aucune allusion à son mari, à sa fille. J'aurais pu croire qu'elle était seule. Il y avait en elle quelque chose de pathétique et d'inquiétant, une volonté de ne rien dévoiler qui pourrait la révéler aux yeux de l'autre telle qu'elle était. J'aspirais à une révélation de sa part, celle d'un secret que certains êtres cachent avec ténacité avant qu'il ne soit percé par un inquisiteur perspicace. Carine était de ces femmes qui se tiennent sur leurs gardes mais qui, à l'occasion d'une circonstance inattendue, finissent par se délivrer d'un fardeau insupportable.

Le déjeuner s'achevait. Je commandai deux cafés. Curieusement, Carine ne paraissait pas pressée. Nous continuâmes à bavarder. Elle ne désirait sans doute pas se livrer davantage et ses paroles se firent plus impersonnelles. Soudain elle me déclara :

— J'ai envie de revoir votre librairie.

— Elle est ouverte tous les jours jusqu'à vingt heures. Venez quand vous voulez.

— Entendu, je vous téléphonerai.

Je la raccompagnai jusqu'au métro et elle me remercia pour ces instants passés en ma compagnie. J'avais été troublé par ses propos. Je devinais qu'à travers la jeune femme assez forte se dissimulait un être fragile, déçu par son existence, comptant sur une métamorphose qui lui rendrait un équilibre qu'elle avait perdu. Sans doute avait-elle éprouvé le besoin de se confier à un inconnu dont elle savait qu'il n'était pour elle qu'un passager provisoire…

Alors que je m'apprêtais à fermer boutique, un soir, j'eus la surprise de voir entrer Carine. Elle n'avait pas pris la précaution de m'appeler et il y avait une semaine que nous nous étions vus. Je feignis le calme et lui tendis la main.

— J'avais envie de vous rendre visite. J'espère que je ne vous dérange pas.

— Pas du tout mais quelques minutes plus tard vous trouviez porte close.

Après des paroles d'usage elle me déclara qu'elle avait besoin de s'aérer et, ne travaillant pas le lendemain, elle s'accordait cette soirée.

— Vous avez raison et je suis heureux que vous ayez

songé à venir me voir.

Je l'observais attentivement, elle semblait préoccupée par quelque souci. Avait-elle l'intention de se dévoiler un peu plus? Pourquoi avait-elle surgi tout à coup?

— Si vous voyez un livre qui vous intéresse, n'hésitez pas.

— J'avoue que pour l'instant je n'ai guère la possibilité de lire. Je suis trop accablée de travail. Je n'ai même pas eu le temps d'ouvrir ceux que vous m'avez offerts.

— Ce sera pour plus tard.

— Bien sûr, je l'espère.

Comme elle était libre, je lui proposai d'aller dîner dans un restaurant proche.

— Je suis trop mauvais cuisinier pour vous inviter chez moi, fis-je en guise d'excuse.

— Je n'oserais pas m'imposer chez vous.

Nous marchâmes en silence jusqu'au restaurant où je venais quelquefois. La patronne me salua ainsi que Carine. Nous prîmes place à une table tout près du comptoir.

— Vous êtes un être étrange, fit-elle au bout d'un moment. Enfin, je veux dire que vous n'êtes pas comme les gens que je fréquente.

Je me demandais ce que je pouvais avoir d'étrange. Était-ce à cause de mon métier, de mon petit talent de peintre, de mon existence un peu en retrait?

— Je veux dire que vous semblez disposer d'une liberté totale ou presque. Vous travaillez seul, vous vivez seul ou du moins je l'imagine. Vous n'avez de comptes à rendre à personne, pas de patron, pas de collaborateurs, pas de vie familiale.

J'eus beau lui signaler que ma librairie, si elle me laissait du temps libre, ne fonctionnait pas toute seule et que je devais m'occuper de tout, de la gestion, des commandes, des représentants et des clients. Enfin, mon existence matérielle était plutôt précaire. Cette sorte d'idéalisation de sa part m'avait quelque peu exaspéré et les explications que j'avançai ne parurent pas la satisfaire.

— Je donnerais volontiers ma place au cabinet pour un poste moins lourd. Et puis…

Elle s'interrompit, me regarda, posant le menton dans le creux de sa main.

— Et puis croyez-vous que mon existence soit enviable ? Un mari qui ne supporte pas de rester seul, une fille qui me réclame sans cesse. Je n'ai jamais un moment de liberté personnelle. Je ne peux jamais être seule ou avec des gens que j'aimerais voir. J'ai décidé d'essayer de changer.

Je notai dans ces dernières paroles une espèce de satisfaction, comme si cette décision l'allégeait soudain.

— C'est pour cela que vous avez pris un soir de liberté. Vous avez raison.

— J'ai besoin de m'échapper de chez moi. J'ai l'impression qu'entre mon bureau et mon appartement, je ne prends jamais l'air. Je vais finir par sentir le renfermé.

Elle sourit à ces dernières paroles.

Notre conversation se poursuivit durant tout le repas. Elle m'interrogea sur mon existence, sur ma peinture. Autrefois elle aimait se rendre à des expositions, maintenant elle n'en avait plus la possibilité.

— Vous me montrerez vos tableaux ?

— Si vous le voulez, ce ne sont pas des chefs-d'œuvre. C'est une peinture entre l'abstraction et le figuratif. J'ai une grande admiration pour de Staël, mais je n'ai pas la prétention de me comparer à lui.

— Je le connais assez mal. Je n'ai vu de lui que quelques tableaux à l'occasion d'une exposition. C'est vrai que c'est une peinture attachante, très suggestive.

En parlant de la sorte, j'eus l'impression que Carine s'évadait peu à peu de son univers quotidien. Elle évoqua sa jeunesse, ses études de piano et l'amertume jointe au regret perçaient dans ses propos. Le dîner achevé, le café bu, j'avançai :

— Il n'est peut-être pas trop tard pour que je vous montre mes toiles.

— Je ne voudrais pas vous déranger plus longtemps.

Je la rassurai et nous quittâmes le restaurant. Nous n'avions que quelques rues à parcourir, puisque j'habite rue Cassette. Nous marchions lentement et dix minutes plus tard nous arrivions devant l'immeuble. Au troisième étage, nous sortîmes de l'ascenseur, j'ouvris la porte et priai Carine d'entrer. Elle avait une aisance qui me surprit. J'aurais pu croire qu'elle était une familière de ces lieux. Elle posa son manteau sur une chaise et me demanda :

— Où est votre atelier ?

— Je n'en ai pas. Je dispose d'une petite pièce où je barbouille.

— Montrez-moi vos œuvres.

Elle sourit avec ironie. Décidément, elle apparaissait toute autre. Était-ce ce changement d'univers qui la rendait ainsi ? Nous pénétrâmes dans ma pièce à peindre, comme je l'appelais et je lui montrai quelques-unes de mes dernières peintures dont je n'étais pas mécontent.

— Vous avez le sens de la couleur et j'ai l'impression que vos peintures m'ouvrent l'imagination. Surtout celle-ci.

Elle désigna une petite toile que j'affectionnais et qui, précisément, en raison des volumes, des couleurs pouvait détenir ce pouvoir. Elle commenta avec une certaine justesse mes autres tableaux et m'interrogea sur mon travail. Au bout d'une heure ou même plus, alors que nous étions assis dans ce qui me servait de salle à manger, elle me regarda fixement et déclara :

— Je n'ai pas envie de rentrer.

Je ne m'attendais pas à ces propos et, troublé, je balbutiai :

— Restez. Ce n'est pas une mauvaise idée.

Elle se tut et je ne savais que dire. Je ne fis aucune allusion aux raisons pour lesquelles elle avait décidé de ne pas s'en aller. Elle avait maintenant un air plus serein, un regard plus clair. Nous évoquâmes de nouveau son désir de changement, sa curiosité pour l'art, la musique. J'avais l'impression de la découvrir, de voir en elle ce que plus tard elle serait si elle décidait de briser avec un conformisme qu'elle ne tolérait plus.

Nous bavardâmes jusqu'à une heure très avancée de la nuit. Lorsque je la pris par la main, elle se laissa conduire dans ma chambre, se dévêtit et se coucha auprès de moi. Son corps, auquel j'avais tant rêvé quand je l'avais vue, fondit sous mes mains, je caressai sa peau avec émotion, elle gémissait à petits coups et nous fîmes l'amour fougueusement.

— Vous m'avez sauvé des griffes du néant, fit-elle.

Au matin, quand je m'éveillai, elle dormait encore, une main posée sur mon épaule. Je réfléchissais à ce qui avait eu lieu, à cet abandon inattendu de sa part, à cette sorte de confession qui semblait l'avoir délivrée…

En me quittant, elle me promit de me téléphoner bientôt. Pourtant au bout d'une semaine, n'ayant eu aucune nouvelle, inquiet, je l'appelai au bureau. La standardiste me répondit qu'elle était en congé et je ne pus obtenir plus de précisions. Stupéfait, je téléphonai le soir à L. qui m'apprit que, depuis une dizaine de jours, Carine avait quitté son travail et le domicile conjugal. Son mari s'était refusé à lui donner plus de détails sur ce départ et l'avait prié de ne plus l'importuner.

— Je me demande vraiment ce qui s'est passé dans sa tête. Il y avait un moment que je n'avais eu de ses nouvelles. Et toi ?

J'hésitai à lui répondre, à lui révéler notre rencontre.

— Moi non plus. Elle m'a appelé il y a longtemps. Elle voulait passer à la librairie. Depuis plus rien.

— Elle n'était pourtant pas du genre à songer aux fugues. Elle avait horreur de l'inconnu. Pourvu qu'il ne lui soit pas arrivé malheur. À moins qu'elle n'ait rencontré quelqu'un, ce qui m'étonnerait.

Elle me promit de me tenir au courant si elle en

apprenait davantage sur Carine. À mon tour je m'interrogeai sur le sens de cette disparition. Ses propos passés avivaient ma mémoire. Ce changement dont elle parlait n'avait-elle pas tenu à le réaliser tout de suite ? En étais-je la cause ? Pourquoi ne m'avait-elle pas appelé ? Aurai-je de ses nouvelles ?

*

Il se demandait s'il devait en rester là, conclure sur cette interrogation ou fallait-il trouver une fin qu'il ignorait encore. Sa nouvelle avait pris corps. Il était satisfait de l'avoir menée presque jusqu'à son terme. Son expérience personnelle pour cette dernière partie ne lui avait été d'aucune utilité. Il devait tout à son imagination, comme s'il s'était débarrassé de Corine…

Ce fut sans surprise que deux jours plus tard il la vit entrer précipitamment dans sa librairie. Décidément, fit-il, la fiction précède la réalité. On dirait que les événements imaginaires que j'ai décrits se concrétisent.

Corine lui expliqua qu'elle avait eu fort affaire et qu'elle s'était décidée à brûle-pourpoint à lui rendre visite.

— C'est aimable à vous. J'aime les surprises, fit-il ironiquement.

Quand, au terme d'une interminable conversation, elle lui révéla que rien n'allait plus dans son existence, il se dit qu'il devinait déjà le dénouement de l'histoire. Il ne désirait pas connaître le même sort que son héros. Il pressentait que Corine était prête à s'offrir parce qu'elle naufrageait et qu'elle voulait s'octroyer un moment de diversion. Il ne l'écoutait plus et pensait : « Elle disparaîtra aussitôt après et j'en serai responsable. Ce que j'ai vécu avec l'autre me suffit. » Comme elle tardait à s'en aller, il lui déclara qu'il n'était pas libre ce soir et il la quitta, peu après avoir fermé sa librairie, à l'entrée du métro Saint-Germain-des-Prés.

— J'ai rendez-vous dans un restaurant non loin

d'ici. Rentrez bien. J'ai été heureux de passer quelques instants avec vous.

Il ne désirait plus la revoir. Il devait maintenant essayer de trouver une fin convenable à l'histoire de Carine.

ALBERTINE N'A PAS DISPARU AINSI

Je ne crois pas qu'il faille toujours accorder beaucoup de crédit à ce qu'écrivent les romanciers. Souvent la réalité leur donne tort. À cet égard, tout lecteur de Proust sait que l'auteur fait mourir Albertine dans *La Fugitive*. Un télégramme envoyé par Mme Bontemps au narrateur apprend à celui-ci que la jeune fille a fait une chute de cheval mortelle. « Tous nos efforts n'ont pu la ranimer. Que ne suis-je morte à sa place. » écrit, par le biais de Proust, Mme Bontemps. Or, je peux vous affirmer qu'il n'en est rien. Un de mes grands-oncles, ami de Mme Bontemps, m'a révélé la vérité. L'histoire n'est pas banale et il est toujours intéressant d'apprendre combien les auteurs dissimulent à plaisir, brisent avec les événements pour les camoufler et en superposer d'autres, fruits de leur imagination. Ceci pour tromper le lecteur, l'entraîner à des supputations qui n'ont aucun point commun avec ce qui s'est réellement passé. Or, Mme Bontemps a révélé qu'il s'agissait là d'une supercherie.

Vous vous souvenez qu'Albertine avait quitté brusquement Marcel, lui laissant seulement une lettre pour justifier son départ. Sa tante l'avait accueillie et, comme je vous l'ai dit, c'est elle qui avait adressé au narrateur le fameux télégramme auquel j'ai fait allusion. En fait, Albertine n'était restée que quelques jours chez Mme Bontemps. Auparavant, elle avait demandé à sa confidente, et pour des raisons faciles à comprendre, soit par désir de vengeance, soit pour mettre définitivement un terme à la relation avec le narrateur de *La Recherche*, de l'avertir de sa mort. Elle ne voyait sans doute dans ce geste qu'un moyen de se débarrasser de Marcel auquel elle restait sans doute attachée mais, selon l'expression consacrée, sa vie était ailleurs et avec d'autres. Vous savez qu'Albertine était fortement attirée par les femmes, au désespoir de Marcel, et qu'elle avait eu plus d'une aventure. Voilà donc Mme Bontemps complice de sa nièce et celle-ci libre. Pourtant le secret était lourd à porter et, alors qu'elle était assez gravement malade, elle avait appelé à son chevet M. R., mon parent. Incapable de dissimuler plus longtemps, elle se décida alors à révéler les faits dans leur exactitude. Quasi séquestrée par Marcel en proie à la jalousie, Albertine connaissait l'enfer; de surcroît, sollicitée par un désir effréné de conquérir, elle ne pouvait plus demeurer ainsi prisonnière. Elle prend donc la résolution de s'enfuir. Elle passe quelques jours avec Mme Bontemps, comme je vous l'ai appris, puis une fois officiellement disparue, s'en va à Paris. Là, elle fait la connaissance de L., modèle d'un peintre renommé, et s'éprend de la jeune fille. L'aventure des deux amantes est passionnée. Albertine, il faut le dire, ne cesse d'écrire à sa tante, la tenant au courant de sa nouvelle conquête, des événements qui courent dans son existence. Pourtant, elle pense souvent au narrateur, celui qu'elle appelle son « cher grand »; peut-être éprouve-t-elle des remords à la pensée de l'avoir ainsi quitté. Malgré tout, son amour pour L. l'emporte, du moins pour l'instant. Elle occupe son temps à des futilités, sortant peu, craignant sans doute de rencontrer des personnes fréquentées autrefois en compagnie de Marcel. D'autre part, elle est toujours attirée par Andrée. Les lettres à sa tante disent son déchirement. Parfois même elle est tentée de retourner chez Marcel pour lui révéler la supercherie; cela, le narrateur l'ignorera toujours. Curieusement Mme Bontemps ne donne aucun conseil à sa nièce. Elle se contente de lire sa correspondance, de lui répondre d'une façon vague. On sent que cette affaire l'embarrasse, que cette complicité l'insupporte. Elle voudrait sans doute rompre toute relation avec Albertine pour effacer cette impression de mensonge qui l'accable, la torture. Quant à Andrée, elle ne reverra jamais Albertine. Bref, celle-ci, qui croyait connaître la liberté, se trouve de nouveau enchaînée. Il semblerait que son aventure avec L. tourne court. Le modèle la trompe avec un homme et Albertine, blessée, rompt avec elle. De nouveau, elle est seule, désemparée. Par orgueil, elle se refuse à retourner chez Mme Bontemps qu'elle met au courant de son désenchantement. Vous vous souvenez que le narrateur, lorsqu'il se rend à Venise, reçoit un télégramme d'Albertine : c'est le fameux : « Mon ami vous me croyez morte, pardonnez-moi je suis très vivante, je voudrais vous voir… » On sait qu'il s'agit d'un malentendu et que l'auteur de ce télégramme n'est autre que Gilberte Swann.

Un fait étrange se produit à ce moment. Lorsque Marcel se trouve à Venise, Albertine y est aussi. Comment a-t-elle su qu'il avait décidé de se rendre en Italie ? L'avait-elle même su ? N'était-ce pas une sorte de pressentiment allié au désir violent de revoir Marcel qui l'avait précipitée en direction de l'Italie ? Toujours est-il qu'elle était partie, seule, pour la Cité des Doges. Le plus extraordinaire est qu'elle aperçoit un matin Marcel, non loin de la Place Saint-Marc. Elle n'est pas victime d'une hallucination. C'est bien lui en compagnie de sa mère. Il regarde avec attention la basilique avant de se décider à entrer. Albertine est pétrifiée, elle hésite à s'avancer vers lui, émue. Qu'éprouve-t-elle alors ? Ce qu'elle écrit à Mme Bontemps est explicite : « Je vis là mon cher ami, sa silhouette délicate, accompagné de sa mère. C'était lui. D'un coup, je me remémorai ma fuite ; j'imaginais sa douleur. Toutefois je devinais qu'il m'était refusé de l'accoster. C'eût été renouer avec un temps dont j'étais exclue, avec une existence qui n'avait plus de point commun avec la mienne. » Elle voit disparaître Marcel, happé par l'ombre de l'édifice et elle s'efface aussi dans les petites rues avec dans sa mémoire l'ultime image qu'elle conservera de Marcel. Désormais elle est convaincue qu'elle ne l'aime plus. C'est du moins ce qu'elle avouera à sa tante dans une lettre écrite de Venise quelques jours après cette rencontre. Elle ne reste que peu de jours en Italie et revient à Paris. Parfois, elle est tentée de retourner à Balbec mais elle se l'interdit comme si elle craignait d'y rencontrer Marcel. Ses idylles sont de plus en plus nombreuses et brèves. Elle fait la connaissance de B., une femme plus âgée qu'elle, mariée au baron de T. et mère de deux enfants. Cette liaison provoque le scandale qu'on imagine dans le faubourg Saint-Germain et Albertine s'épouvante certainement à l'idée que Marcel en soit informé. On sait que l'aristocratie constitue un petit milieu fermé et que les moindres péripéties sont vite colportées, les faits amplifiés de manière à confondre davantage leurs auteurs. Or Marcel compte de nombreuses connaissances dans ce milieu. Quelle serait sa réaction s'il apprenait la vérité ? Il est aisé de deviner quelle angoisse s'empara d'Albertine. Elle ne désirait en aucun cas que sa liaison fût divulguée. Jamais la baronne de T. ne consentit à visiter Albertine chez elle. Il fallait que celle-ci se transporte en grand mystère dans l'hôtel particulier. Les heures que les deux femmes passaient ensemble — les lettres d'Albertine en témoignent — n'offraient en rien la tranquillité souhaitée. B. reprochait à Albertine sa froideur, son peu d'assiduité, son caractère ondoyant. Quant à Albertine, elle se refusait à confier les raisons de son attitude. Les querelles naquirent; les éclats de voix se multiplièrent. Bien vite Albertine décida de mettre un terme à cette aventure. Elle redoutait que Marcel ne fût informé de sa présence. Comment aurait-elle réagi à cette nouvelle ? De plus, avouer la complicité de sa tante lui donnait mauvaise conscience. Bref, aspirant à se libérer d'une liaison qu'elle jugeait insupportable, elle s'était de nouveau enferrée alors que, dans le même temps, Marcel se détachait d'elle, comme on l'apprend dans *La Recherche*.

J'en viens maintenant à la conclusion de cette histoire. Les lettres d'Albertine à Mme Bontemps s'espacent. Dans l'une des dernières missives que la jeune femme lui envoie, elle lui révèle qu'elle a résolu de se rendre à Londres pour quelque temps. Elle n'invoque aucune raison à ce déplacement. Elle avoue être fatiguée d'une existence vide et solitaire. Mme Bontemps n'a pas répondu à cette lettre. Jamais plus elle n'a reçu le moindre message de sa nièce. Jusqu'à ses derniers jours, la vieille dame se demandera ce qu'il était advenu d'Albertine. Le secret qu'elle détenait l'oppressait de plus en plus. Elle se croyait responsable de sa destinée, de son malheur, de son silence. Elle se reprochait d'être devenue sa complice. Elle aurait dû insister, selon elle, pour qu'Albertine retourne chez Marcel. Elle aurait voulu écrire à celui-ci, lui expliquer les raisons de cette rupture. Jamais elle n'en eut le courage. Aussi lorsqu'elle tomba malade, appela-t-elle M. R., comme je vous l'ai dit, et s'ouvrit à lui ; toutefois elle ne le chargea pas de mettre au courant le narrateur de son mensonge. Mon grand-oncle respecta sa volonté, si bien que l'auteur de *À la Recherche du temps perdu* ignora toujours qu'il avait été trompé par deux de ses personnages. Albertine avait sans doute disparu, mais pas dans les conditions imaginées par le narrateur. On peut s'interroger sur ce qu'eût été le contenu de *La Fugitive* si le romancier avait appris la vérité.

TABLE

Achevé d'imprimer à Evreux
sur Rotative Numérique par

Book It!

Tél. : 01 55 38 94 88

Dépôt légal : Février 2000